L'IMMORALISTE
背德者
[法]安德烈·纪德
(1869—1951)
李玉民 译
U0926224
读客三个圈经典文库
经典就读三个圈 导读解读样样全
江苏凤凰文艺出版社
JIANGSU PHOENIX LITERATURE AND ART PUBLISHING

图书在版编目（CIP）数据

背德者 / (法) 安德烈·纪德著；李玉民译. -- 南京：江苏凤凰文艺出版社, 2021.11（2023.1重印）
（读客经典文库）
ISBN 978-7-5594-6074-5

Ⅰ. ①背… Ⅱ. ①安… ②李… Ⅲ. ①长篇小说-法国-现代 Ⅳ. ①I565.45

中国版本图书馆CIP数据核字(2021)第120893号

背德者

[法] 安德烈·纪德 著　　李玉民 译

责任编辑　丁小卉
特约编辑　车　童
封面设计　汪　芳
责任印制　刘　巍
出版发行　江苏凤凰文艺出版社
南京市中央路165号，邮编：210009
网　　址　http://www.jswenyi.com
印　　刷　北京中科印刷有限公司
开　　本　890 毫米 × 1270 毫米 1/32
印　　张　6
字　　数　117 千字
版　　次　2021 年 11 月第 1 版
印　　次　2023 年 1 月第 2 次印刷
标准书号　ISBN 978-7-5594-6074-5
定　　价　45.90 元

善于争得自由不算什么，难的是善于运用自由。

——《背德者》P009

读客三个圈经典文库

经典就读三个圈　导读解读样样全

L'immoraliste

André Gide

天主啊，我要称谢你，因我受造奇妙可畏。

——《诗篇》第139章14节

献给亨利·盖翁[1]

他的真挚伙伴

安·纪德

1 亨利·盖翁（Henri Léon Vangeon，1875—1944），法国作家、文学评论家，纪德好友，曾与纪德一起创办杂志《新法兰西评论》。——编者注

目　录

引　言

我给予本书以应有的价值。这是一个尽含苦涩渣滓的果实，宛似荒漠中的药西瓜。药西瓜生长在石灰质地带，吃了非但不解渴，口里还会感到火烧火燎，然而在金色的沙上却不乏瑰丽之态。

我若是把主人公当作典范，那就得承认我写得很不成功。即使少数几个人对米歇尔的这段经历感兴趣，也无非是疾恶如仇，要大义凛然地谴责他。我把玛丝琳写得那么贤淑并非徒劳，读者不会原谅米歇尔把自己看得比她还重。

我若是把本书当作对米歇尔的起诉状，同样也不会成功，因为，谁对主人公产生义愤也不肯归功于我。这种义愤，似乎是违背我的意志而产生的，而且来自米歇尔及我本人，只要稍有可能，人们还会把我同他混为一谈。

本书既不是起诉状，也不是辩护词，我避免下断语。如今公众不再宽恕作者描述完情节而不表明赞成还是反对。不仅如此，甚至在故事进行之中，人们就希望作者表明态度，希望他明确表示赞成阿尔赛斯特还是菲兰特，赞成哈姆雷特还是奥菲莉亚，赞成浮士德还是玛格丽特，赞成亚当还是耶和华。我并不断言中立性（险些说出模糊性）是一位巨匠的可靠标志，但是我相信，不少巨匠十分讨厌下结论，准确地提出一个问题，也并不意味着推定它早已解决了。我在此使用“问题”一词也是违心的。老实说，艺术上无问题可言，艺术作品也不足以解决问题。

如果把“问题”理解为“悲剧”，那么我要说，本书叙述的悲剧，虽然在主人公的灵魂中进行，也还是太普通，不能限定在他个人的经历中。我无意标榜自己发现了这个“问题”，它在成书之前就已存在。不管米歇尔告捷还是败绩，这个“问题”依然存在，作者也不拟以胜败为定论。

如果几位明公只肯把这出悲剧视为一个怪现象的笔录，把主人公视为病人；如果他们未曾看出主人公身上具有某些恳切的思想与非常普遍的意义，那么不能怪这些思想或这出悲剧，而应当怪作者。我是说应当怪作者的笨拙，尽管作者在本书中投进了全部热情、全部泪水和全部心血。然而，一部作品的实际意义和一朝一夕的公众对它的兴趣，这两件事毕竟大相径庭。宁可拿着好货而无人问津，也不屑于哗众取宠，图一时之快。我以为这样考虑算不上自命不凡。

眼下，我什么也不想证明，只求认真绘制，并为这一画幅配好光亮色彩。

致内阁总理D. R. 先生的信

西迪贝·姆　189×年7月30日

是的，你猜得不错，我亲爱的兄弟，米歇尔和我们谈了。这就是他的叙述。你要看看，我也答应了你，不过，要寄走的当儿，我又迟疑了。重新读来，我越往下看，越觉得可怕。啊！你会怎样看我们的朋友呢？再说，我本人又如何看呢？难道我们把他一棍子打死，否认他残忍的性情会改好吗？恐怕如今不止一个人敢于承认在这篇叙述里可以看到自己的影子。人们是设法发挥这种人的聪明才智，还是轻易拒绝让他们享有公民权利呢？

米歇尔对国家能有什么用？不瞒你说，我不知道……他应当有个差使。你才德出众，身居高位，又握着大权，能给他找个差使吗？——从速解决。米歇尔忠于职守，现在依旧如此，然而，过不了多久，他就要只忠于他自己了。

我是在湛蓝的天空下给你写信的。我和德尼、达尼埃尔来了十二天，这儿晌晴薄日，没有一丝云彩。米歇尔说两个月来碧空如洗。

我既不忧伤也不快乐。这里的空气使我们心里充满一种无名的亢奋，进入一种似乎无苦无乐的状态。也许这就是幸福吧。

我们守在米歇尔身边，不愿意离去。你若是看了这些材料，就会明白其中的缘故了。我们就是在这里，在他的居所等待你回信。不要拖延。

你也知道，德尼、达尼埃尔和我，上中学时就跟米歇尔关系密切，后来我们的友谊逐年增进。我们四人之间达成了某种协定：哪个一发出呼唤，另外三人就要响应。因此，我一收到米歇尔的神秘的呼叫，立即通知达尼埃尔和德尼，我们三个丢下一切，马上起程。

我们有三年没见到米歇尔了。当时他结了婚，携妻子旅行，上次他们经过巴黎时，德尼在希腊，达尼埃尔去了俄国，而我呢，你也知道，我正守护着我那染病的父亲。当然，我们还是互通音信。西拉和维尔又见过他，他俩告诉我们的情况使我们大为诧异。我们一时还解释不了。今非昔比，从前他是个学识渊博的清教徒，由于过分笃诚而举止笨拙，眼睛极为明净，面对他那目光，我们过于放纵的谈话往往被迫停下来。从前他……他的记述中都有，何必还向你介绍呢？

德尼、达尼埃尔和我听到的叙述，现在原原本本地寄给你。米歇尔是在他住所的平台上讲的，我们都在他旁边，有的躺在暗影里，有的躺在星光下。讲完的时候，我们望见平原上晨光熹微。米歇尔的房子，以及相距不远的村庄，都俯临着平原。庄稼业已收割，天气又热，这片平原真像沙漠。

米歇尔的房子虽然简陋古怪，却不乏魅力。冬天屋里一定很冷，因为窗户上没安玻璃，或者干脆说没有窗户，只有墙上的大洞。天气好极了，我们到户外躺在凉席上。

我还要告诉你，我们一路顺风，傍晚到达这里，因为天气炎热而感到十分劳顿，可是新鲜景物又使我们沉醉。我们在阿尔及尔只作短暂停留，便去君士坦丁堡。从君士坦丁堡再乘火车，直达西迪贝·姆，那里有一辆马车等候着我们。离村子还很远公路就断了。就像奥姆布里地区的一些村镇那样，这座村庄斜卧在山坡上。我们徒步上山，箱子由两头骡子驮着。从这条路上去，村子的头一栋房子便是米歇尔的住宅。有一座隔着矮墙，或者说圈着围墙的花园，里面长着三棵弯弯曲曲的石榴树、一棵挺拔茂盛的欧洲夹竹桃。一个卡比尔小孩正在那儿玩，他见我们走近，便翻墙逃之夭夭。

米歇尔见到我们并无快乐的表示，他很随便，似乎害怕流露出任何感情。不过，到了门口，他表情严肃地挨个同我们三人拥抱。

直到天黑，我们也没有交谈十句话。晚餐摆在客厅里，几乎是家常便饭。客厅的豪华装饰却令我们惊异，不过，你看了米歇尔的叙述就会明白。吃完饭，他亲手给我们煮咖啡喝。然后，我们登上平台，这里视野开阔，一望无际。我们三人好比约伯的三个朋友，一边等待着，一边观赏火红的平原上白昼倏然而逝的景象。

等到夜幕降临，米歇尔便讲了起来——

第一部

善于争得自由不算什么，难的是善于运用自由。

一

亲爱的朋友，我知道你们都忠于友谊。你们一呼即来，正如我听到你们的呼唤就会赶去一样。然而，你们已有三年没有见到我。你们对我的友谊经受住了久别的考验，但愿它也能经受住我此番叙述的考验。我之所以突然召唤你们，让你们长途跋涉来到我的住所，就是要同你们见见面，要你们听我谈谈。我不求什么救助，只想对你们畅叙。因为我到了生活的关口，难以通过了。但这不是厌倦，只是我自己难以理解。我需要……我需要诉说。善于争得自由不算什么，难的是善于运用自由。请允许我谈自己——我要向你们叙述我的生活，随便谈来，既不缩小也不夸大，比我讲给自己听还要直言不讳。听我说吧：

记得我们上次见面，是在昂热郊区的农村小教堂里，我正举行婚礼。宾客不多，但都是挚友，因此，那次普通的婚礼相当感人。我看出大家很激动，自己也激动起来。从教堂出来，你们又到新娘家里，同我们用了一顿便餐。然后，我们雇了一辆马车就出发了。

我们的思想依然随俗，认为结婚必旅行。

我很不了解我的妻子，想到她也同样不了解我，心中并不十分难过。我娶她时没有感情，主要是遵奉父命。父亲病势危殆，只有一事放心不下，怕把我一人丢在世上。在那伤痛的日子里，我念着弥留的父亲，一心想让他瞑目于九泉，就这样完成了终身大事，却不清楚婚后生活究竟如何。在奄奄一息的人床头举行订婚仪式，自然没有欢笑，但也不乏深沉的快乐。我父亲是多么欣慰啊。虽说我不爱我的未婚妻，但至少我从未爱过别的女人。在我看来，这就足以确保我们的生活美满。我对自己还不甚了了，却以为把身心全部献给她了。玛丝琳是孤儿，同两个兄弟相依为命。她刚到二十岁，我比她大四岁。

我说过我根本不爱她，至少我对她丝毫没有所谓爱情的那种感觉。不过，若是把爱情理解为温情、某种怜悯以及理解敬重之心，那我就是爱她的。她是天主教徒，而我是新教徒……其实，我觉得自己简直不像个教徒！神父接受我，我也接受神父——这事万无一失。

如别人所称，我父亲是“无神论者”，至少我是这样推断的，我从未能同他谈谈他的信仰，这在我是由于难以克服的腼腆，在他想必也如此。我母亲给我的胡格诺教派的严肃教育，同她那美丽的形象一起在我心上渐渐淡薄了——你们也知道我早年丧母。那时我还想象不到，童年最初接受的道德是多么紧紧地控制我们，也想象不到它给我们的思想留下什么影响。母亲向我灌输原则的同时，也把这种古板严肃的作风传给了我，我全部贯彻到研究中去了。我十五岁时丧母，由父亲抚养。他既疼爱我，又向我传授知识。当时我已经懂拉丁语和希腊语，跟他又很快学会了希伯来语、梵语，最后又学会了波斯语和阿拉伯语。将近二十岁，我学业大进，甚至他都敢让我参加他的研究工作，还饶有兴趣地把我当作平起平坐的伙伴，并力图向我证明我当之无愧。以他名义发表的《漫谈弗里吉亚人的崇拜》，就是出自我的手笔，他仅仅复阅一遍。对他来说，这是最大的赞扬。他乐不可支，而我看到这种肤浅的应景之作居然获得成功，却不胜惭愧。不过，从此我就有了名气，学贯古今的巨擘都以同仁待我。现在我可以含笑对待别人给我的所有荣誉……就这样，到了快二十五岁，我几乎只跟废墟和书籍打交道，根本不了解生活。我在研究中消耗了罕见的热情。我喜欢几位朋友（包括你们），但我爱的是友谊，而不是他们；我对他们非常忠诚，但这是对高尚品质的需求；我珍视自己身上每一种美好情感，然而，我既不了解朋友，也不了解自己。我本来可以过另一种生活，别人也可能有不同的生活方式，这种念头从来就没有在我的头脑里闪现过。

我们父子二人布衣粗食，生活很简朴，花销极少，以至我快到二十五岁了，还不清楚家道丰厚。我不大想这种事，总以为我们只是勉强维持生计。我在父亲身边养成了节俭的习惯，后来明白我们殷实得多，还真有点儿难堪。我对这类俗事很不经意，甚至父亲去世之后，我作为唯一的继承人，也没有弄清自己的财产。直到签订婚约时才恍然大悟，同时发现玛丝琳几乎没有带来什么嫁妆。

还有一件事我懵然不知，也许它更为重要——我的身体弱不禁风。如果不经受考验，我怎么会知道呢？我时常感冒，也不认真治疗。我的生活过于平静，这既削弱又保护了我的身体。反之，玛丝琳倒显得挺健壮。不久，我们就认识到，她的身体的确比我好。

花烛之夜，我们就睡在我在巴黎的住所——早已有人收拾好两个房间。我们在巴黎仅仅稍事停留，买些必需的东西，然后去马赛，再换乘航船前往突尼斯。

那一阵急务迭出，头绪纷繁，弄得人头晕目眩。为父亲服丧十分悲痛，继而办喜事又免不了心情激动，这一切使我精疲力竭。上了船，我才感到劳累。在那之前，每件事都增添疲劳，但又分散我的精神。在船上一闲下来，思想就活动开了。有生以来，这似乎是头一回。

我也是头一回这么长时间脱离研究工作，以往，我只肯短期休假。当然，几次旅行时间稍长些，一次是在我母亲离世不久，随父亲去西班牙，历时一个多月；另外一次是去德国，历时一个半月；还有几次，都是工作旅行。旅行中，父亲的研究课题十分明确，从不游山玩水；而我呢，只要不陪同他，就捧起书本。然而这次，我们刚一离开马赛，格拉纳达和塞维利亚的种种景象就浮现在我的脑海。那里天空更蓝，树荫更凉爽，那里充满了欢歌笑语，像节日一般。我想，此行我们又要看到这些了。我登上甲板，目送马赛渐渐远去。

继而，我猛然想起，我有点丢儿开玛丝琳不管了。

她坐在船头，我走到近前，第一次真正看她。

玛丝琳长得非常美。这你们是知道的，你们见过她。悔不该当初我没有发觉。我跟她太熟了，难以用新奇的目光看她。我们两家是世交，我是看着她长大的，对她如花般的容貌早已习以为常……我第一次感到惊异，觉得她太秀美了。

她头戴一顶普通的黑草帽，任凭大纱巾舞动。她一头金发，但并不显得柔弱。裙子和上衣的布料相同，是我们一起挑选的苏格兰印花细布。我自己服丧，却不愿意她穿得太素气。

她觉出我在看她，于是朝我回过身来……直到那时，我对她虽然算不上热情，好歹以冷淡的客气代替爱情。我看得出来，这使她颇为烦恼。此刻，玛丝琳觉察出我头一回以不同的方式看她吗？她也定睛看我，接着极为温柔地冲我微笑。我没有开口，在她身边坐下。直到那时，我只为自己生活，至少按照自己的意志生活。我结了婚，但仅仅把妻子视为伙伴，根本没考虑我的生活会因为我们的结合而发生变化。这时，我才明白独角戏到此结束了。

甲板上只有我们二人。她把额头伸向我，我把她轻轻搂在胸前；她抬起眼睛，我亲了她的眼睑。这一吻不要紧，我猛地感到一种新的怜悯之情油然而生，充塞我的心胸，不由得热泪盈眶。

“你怎么啦？”玛丝琳问我。

我们开始交谈了。她的美妙话语使我听得入迷。从前，我根据观察而产生成见，认为女人愚蠢。然而，那天晚上在她身边，我倒是觉得自己又笨又傻。

这样说来，我与之结合的女子，有她自己真正的生活！这个想法很重要，以至那天夜里，我几次醒来，几次从卧铺上支起身子，看下面卧铺上我妻子玛丝琳的睡容。

翌日天朗气清，大海近乎平静。我们慢悠悠地谈了几句话，拘束的感觉又减少了。婚姻生活真正开始了。十月最后一天的早晨，我们在突尼斯下船。

我只打算在突尼斯小住几天。我向你们谈谈我这愚蠢想法：在这个我新踏上的地方，只有迦太基和罗马帝国的几处遗址引起我的兴趣，诸如奥克塔夫向我介绍过的提姆加德、苏塞的镶嵌画建筑，尤其是杰姆的古剧场，我要立即赶去参观。首先要到苏塞，从那里再改乘驿车。但愿这一路没有什么可参观的景物。

然而，突尼斯使我大为惊奇。我身上的一些部位、一些尚未使用的沉睡的官能，依然保持着它们神秘的青春，一接触新事物，它们就感奋起来。我主要不是欣喜，而是惊奇、愕然。我尤为高兴的是，玛丝琳快活了。

不过，我日益感到疲惫，但不挺住又觉得难为情。我不时咳嗽，不知何故，胸部闹得慌。我想我们南下，天气渐暖，我的身体就会好起来。

斯法克斯的驿车晚上八点钟离开苏塞，半夜一点钟经过杰姆。我们订了前车厢的座位，料想会碰到一辆不舒适的简陋的车，情况却相反，我们乘坐的车还相当舒适，然而寒冷！……我们两人相信南方温暖的气候，都穿得非常单薄，只带一条披巾，幼稚可笑到了何等地步？刚一出苏塞城和它的山丘屏障，风就刮起来。风在平野上蹿跳，怒吼，呼啸，从车门的每条缝隙钻进来，防不胜防。到达时我们都冻僵了。我还由于旅途颠簸，十分劳顿，咳得厉害，身体更加支持不住了。这一夜真惨！——到了杰姆，没有旅店，只有一个破烂不堪的土堡权当歇脚之处，怎么办呢？驿车又起程了。村子的各户人家都已睡觉。夜仿佛漫漫无边，废墟的怪状隐约可见，犬吠声此呼彼应。我们还是回到土垒的厅里，里边放着两张破床，不过，在厅里至少可以避风。

次日天气阴晦。我们出门一看，不禁大吃一惊，只见天空一片灰暗。风一直未停，只是比昨夜小了些。驿车到傍晚才经过这里……跟你们说，这一天实在凄清。古剧场一会儿就跑完了，相当扫兴，在这阴霾的天空下，我甚至觉得它很难看。也许是疲惫的缘故，我感到特别无聊，想找找碑文也是徒劳，将近中午就无事可干，我颓然而返。玛丝琳在避风处看一本英文书，幸好她带在身边。我回来，挨着她坐下。

“多愁惨的一天！你不觉得十分无聊吗？”我问道。

“不，你瞧，我看书呢。”

“我们到这里来干什么呢？你不冷吧？”

“不太冷。你呢？真的！你脸色刷白。”

“没事儿……”

晚上，风刮得又猛了……驿车终于到来。我们重又赶路。在车上刚颠了几下，我就感到身子散了架。玛丝琳非常困乏，倚着我的肩头很快睡着了。我心想咳嗽别把她弄醒了，于是轻轻地，轻轻地移开，扶她偏向车壁。然而，我不再咳嗽了，却开始咯痰。这是新情况，咯出来并不费劲，间隔一会儿咯一小口，感觉很奇特。起初我几乎挺开心，但嘴里留下一种异味，我很快又恶心起来。不大工夫，我的手帕就用不得了，还沾了一手。要叫醒玛丝琳吗？……幸而想起有一条长巾掖在她的腰带上，我轻轻地抽出来。痰越咯越多，再也止不住了，咯完感到特别轻松，心想感冒快好了。可是突然，我觉得浑身无力，头晕目眩，好像要昏倒。要叫醒她吗？……唉！算了！……（想来从童年起，我就受清教派的影响，始终憎恨任何因为软弱而自暴自弃的行为，并立即把那称为怯懦。）我振作一下，抓住点东西，终于控制住眩晕……只觉得重又航行在海上，车轮的声音变成了浪涛声……不过，我倒停止咯痰了。

继而，我昏昏沉沉，打起瞌睡来。

当我醒来的时候，已经满天曙光了。玛丝琳依然沉睡着。快到站了。我手中拿的长巾黑乎乎的，一时没看出什么来，等我掏出手帕一看，不禁傻了眼，只见上面满是血污。

我头一个念头是瞒着玛丝琳。可是，怎么才能不让她看到吐的血呢？——浑身血迹斑斑，现在我看清楚了，到处都是，尤其手指上……真像流了鼻血……好主意，她若是问起来，我就说流了鼻血。

玛丝琳一直睡着。到站了。她先是忙着下车，什么也没看到。我们预订了两间客房。我趁机冲进我的房间，把血迹洗掉了。玛丝琳什么也没有发现。

但是，我身体十分虚弱，吩咐伙计给我们俩送上茶点。她的脸色也有点儿苍白，但非常平静，笑盈盈地斟上茶。我在一旁不禁气恼，怪她不留心，视若无睹。当然，我也觉得自己失于公正，心想是我掩盖得好，才把她蒙在鼓里。这样想也没用，气儿就是不顺，它像一种本能似的在我身上增长，侵入我的心……最后变得十分强烈。我再也忍不住了，装作漫不经心地对她说道：

“昨天夜里我吐血了。”

她没有惊叫，只是脸色更加苍白，身子摇晃起来，本想站稳，却一头栽倒在地板上。

我疯了一般冲过去：玛丝琳！玛丝琳！——真要命！这怎么得了！我一个人病了还不够吗？——刚才我说过，我身体非常虚弱，几乎也要昏过去。我打开门叫人，伙计跑来。

我想起箱子里有一封引荐信，是给本城一位军官的。我就凭着这封信，派人去请军医。

不过，玛丝琳倒苏醒过来。现在，她俯在我的床头，而我却躺在床上烧得发抖。军医来了，检查了我们两人的身体。他明确说，玛丝琳没事，跌倒时没有伤着；至于我，病情严重，他甚至不愿意说是什么病，答应傍晚之前再来。

军医又来了，他冲我微笑，跟我说了几句话，给了我好几种药。我明白他认为我的病治不好了。——要我以实相告吗？当时我没有惊跳。我非常疲倦，无可奈何，只好坐以待毙。——“说到底，生活给了我什么呢？我兢兢业业工作到最后一息，坚决而满腔热忱地尽了职。余下的……哼！跟我有什么关系？”我心中暗道，觉得自己一生清心寡欲，值得称道。只是这地方太简陋。“这间客房破烂不堪。”我环视房间。我猛然想到：在隔壁同样的房间里，有我的妻子玛丝琳。于是，我听见她说话的声音。大夫还没有走，正同她谈话，而且尽量把声音压得很低。过了一会儿，我大概睡着了。

等我醒来的时候，玛丝琳在我身边。我一看就知道她哭过。我不够热爱生活，因此不吝惜自己。只是这地方简陋，我看着别扭。

我的目光几乎带着快感，落在她的身上。

现在，她在我身边写东西。我觉得她很美。我看见她封上好几封信，然后她起身走到我的床前，温柔地抓住我的手。

“你现在感觉怎么样？”她问道。

我微微一笑，忧伤地问道：“我能治好吗？”

她立即回答：“治得好呀！”她的话充满了强烈的信心，几乎使我也相信了，就像模糊感到生活的整个前景和她的爱情一样，我眼前隐约出现万分感人的美好幻象，以至泪如泉涌。我哭了许久，既不能也不想控制自己。

玛丝琳真令人钦佩，她以多么炽烈的爱才劝动我离开苏塞，从苏塞到突尼斯，又从突尼斯到君士坦丁堡……她扶持，救疗，守护，表现得多么亲热体贴！到比斯克拉我的病就会治愈，对此，她信心十足，热情一刻未减，安排行程，预订客房，事事都做好准备。唉！要使这趟旅行不太痛苦，她却无能为力。有好几回我觉得不能再走，要一命呜呼了。我像垂危的人一样大汗不止，喘不上气来，有时昏迷过去。第三天傍晚到达比斯克拉，我已经奄奄一息了。

二

为什么谈最初的日子呢？那些日子还留下什么呢？只有无声的惨痛的记忆。当时我已不明白自己是何人，身在何地。我眼前只浮现一个景象：我生命垂危，病榻上方俯身站着玛丝琳，我的妻子，我的生命。我知道完全是她的精心护理、她的爱把我救活了。终于有一天，犹如迷航的海员望见陆地一样，我感到一道生命之光重现，我能够冲玛丝琳微笑了。为什么叙述这些情况呢？重要的是，拿一般人的说法，死神的翅膀碰到了我。重要的是，我十分惊奇自己还活着，并且出乎我的意料，世界变得光明了。我心想，从前我不明白自己在生活。这回要发现生活，我的心情一定非常激动。

终于有一天，我能起床了。我完全被我们这个家给迷住了，它简直就是一个平台。什么样的平台啊！我的房间和玛丝琳的房间都对着它。它往前延伸便是屋顶。登上最高处，望见房屋之上是棕榈树，棕榈树之上是沙漠。平台的另一侧连着本城的花园，并且覆盖着花园边上金合欢树的枝叶。最后，它沿着一个庭院延展，到连接它与庭院的台阶为止。小庭院很齐整，匀称地长着六棵棕榈树。我的房间非常宽敞，白粉墙一无装饰，有一扇小门通向玛丝琳的房间，一道大玻璃对着平台。

一天天不分时日，在那里流逝。我在孤寂中，有多少回重睹了这些缓慢的日子！……玛丝琳守在我的身边，或看书，或缝纫，或写字。我则什么也不干，只是凝视她。玛丝琳啊！玛丝琳！……我望着，看见太阳，看见阴影，看见日影移动。我头脑几乎空白，只有观察日影。我仍然很虚弱，呼吸也非常困难，做什么都累，看看书也累。再说，看什么书呢？存在本身，就足够我应付的了。

一天上午，玛丝琳笑呵呵地进来，对我说：

"我给你带来一个朋友。"于是我看见她身后跟进来一个阿拉伯儿童。他叫巴齐尔，一对大眼睛默默地瞧着我。我有点儿不自在，这种感觉就已经劳神。我一句话不讲，显出气恼的样子。孩子看见我态度冷淡，不禁慌了神儿，朝玛丝琳转过去，偎在她身上，拉住她的手，拥抱她，露出一对光着的胳膊，那动作就像小动物一样亲昵可爱。我注意到，在那薄薄的白色无袖长衫和打了补丁的斗篷里面，他是完全光着身子的。

"好了！坐在那儿吧。"玛丝琳见我不自在，就对他说，"乖乖地玩吧。"

孩子坐到地上，从斗篷的风帽里掏出一把刀，拿着一块木头削起来。我猜想他是要做个哨子。

过了一会儿，我在他面前不再感到拘束了，便瞧着他。他仿佛忘记了自己在什么地方。他光着两只脚，脚腕手腕都很好看。他使用那把破刀时，显得灵巧逗人。真的，我对这些发生了兴趣吗？他的头发理成阿拉伯式的平头，戴的小圆帽很破旧，流苏的地方有一个洞。无袖长衫垂下一点儿，露出娇小可爱的肩膀。我真想摸摸他的肩膀。我俯过身去，他回过头来，冲我笑笑。我示意他把哨子给我，我接过来摆弄着，装作非常欣赏。现在他要走了。玛丝琳给了他一块蛋糕，我给了两个铜子。

次日，我第一次感到无聊。我期待着，期待什么呢？我觉得无事可干，心神不宁。我终于憋不住了：

“今天上午，巴齐尔不来了吗，玛丝琳？”

“你要见他，我这就去找。”

她丢下我，出去了，一会儿工夫又只身回来。疾病把我变成什么样子了？看到她没有把巴齐尔带来，我伤心得简直要落泪。

“太晚了，”她对我说，“孩子们放了学都跑散了。要知道，有些孩子真可爱。我想现在他们都认识我了。”

“至少想办法明天让他来。”

次日，巴齐尔又来了。他还像前天那样坐下，掏出刀来，要削一个硬木块，可是木头没削动，拇指倒割了个大口子。我吓得一抖，他却笑起来，伸出亮晶晶的刀口，瞧着流血很好玩。他一笑，就露出雪白的牙齿。他津津有味地舔伤口。啊！他的身体多好啊！这正是他身上使我着迷的东西：健康。这个小躯体真健康。

第二天，他带来一些弹子，要我一起玩。玛丝琳不在，否则会阻止我。我犹豫不决，看着巴齐尔。小家伙抓住我的胳膊，把弹子放在我的手里，非要我玩不可。我一弯腰就气喘吁吁，但我还是撑着跟他玩。我非常喜爱巴齐尔高兴的样子。最后，我支持不住了，已经汗流浃背，扔下弹子，一下子倒在沙发上。巴齐尔有点儿惊慌地看着我。

“病啦？”他亲热地问道，那声音美妙极了。玛丝琳回来了。

“把他领走吧，今天上午我累了。”我对她说。

几小时之后，我又咯了一口血。我正在平台上步履沉重地散步，玛丝琳在她房间里干活，好在她什么也没有看见。当时我气喘，就深呼了一口气，突然上来了，满嘴都是……但不像初期那样咯鲜血，这回是一个肮脏的大血块，我恶心地吐在地上。

我踉跄了几步，心里七上八下，浑身发抖，非常担心，又非常恼火。在这以前，我认为病会一步步好起来，只要等待痊愈就行了，这一突然变故又把我抛向后边。怪哉，最初咯血的时候，我没有这样害怕过，记得我那时候几乎是平静的。现在怕从何而来，恐惧从何而来呢？是了，唉！我开始热爱生活了。

我反身回去，弯着腰，找到了我咯的血，用一根草茎挑起来，放在我的手帕上，仔细瞧瞧。这是一摊发黑的肮脏的血，黏糊糊的，看着真恶心。我想到巴齐尔的鲜红鲜红的血。我突然产生一种欲望，一种渴求，产生一种从未有过的强烈而急切的念头：活下去！我要活下去，我要活下去。我咬紧牙，握紧拳头，发狂地、懊恼地集中全身力气走向生活。

这次咯血的前一天，我收到T的一封信。信中回答了玛丝琳担心的问题，满篇都是治疗方法，还附来几本医学普及读物和一本更加专业的书。我觉得这本专著更加严肃些。我漫不经心地浏览一遍信，根本没看印刷品。首先因为，这些小册子很像童年时大量塞给我的道德小读物，引不起我的好感；其次因为所有这些建议令我心烦；再说，我认为《结核患者手册》《结核病实践治疗法》之类的书，并不符合我的病情。我认为自己没有患结核病。我情愿把最初的咯血归咎于别种原因，或者老实说，我根本不找原因，回避想这事，也不大考虑，断定自己即或不是痊愈，至少也快要治好了……现在我看了信，又手不释卷地读了那本书和小册子。犹如大梦初醒，我猛然感到我的治疗不得法。在此之前，我得过且过，完全抱着不切实际的希望。现在我猛然感到自己的生命遭受打击，它的心中受了重创，似乎众多敌人在我身上积极活动。我谛听，我窥视，我感觉到了，但不经过搏斗是战胜不了的……我还低声补充一句："这是意志问题。"就好像为了使自己更加信服似的。

我的心理进入了备战状态。

天色渐晚，我制订了自己的战略。在一段时间内，我研究的唯一目的，就是要治好病。我的义务，就是恢复身体健康。只要对我身体有益的，就说好称善；凡是不利于治病的，全部忘掉丢开。晚饭前，就呼吸、活动、饮食几方面，我已做出了决定。

我们在一个小亭子里用餐，周围平台环绕，远离尘嚣，安安静静，两人单独吃饭，的确富有情趣。一名老黑人从附近一家饭店给我们送来能够将就的饭菜。玛丝琳管订菜，要这盘，不要那盘……我平时不大觉得饿，缺什么菜，订的菜不够，我也不怎么在意。玛丝琳食量小，不知道，也没有察觉我不够吃。在我的所有决定里，多吃是首要的一条。我打算这天晚上就付诸实践，不料无法实行。

订的不知道是什么菜汤，无法下咽，还有烤肉，火候太过，简直拿人开玩笑。

我火冒三丈，把气撒在玛丝琳身上，冲她讲了一大通难听的话。我指责她，听我那口气，仿佛她早就应当感到，菜做得不好的责任在她。我刚刚采用了饮食法，就推迟实行，这小小的延误后果极为严重。我把前些日子的情况置于脑后，认为少这一餐，身体就垮了。我固执己见。玛丝琳只好进城去买罐头，随便什么肉糜。

时间不长，她就买回来一小罐。我狼吞虎咽，几乎全吃光了，仿佛要向我们两人证明，我需要多吃些。

当天晚上，我们商量决定，伙食要大大改善，也要增加数量：每三小时一餐，早晨六点半就开第一餐。饭店的菜太一般，要大量添加各种各样的罐头食品……

这天夜里我难以成眠，完全沉醉在新的疗效的预感中。想来我有点儿发烧，正好身边有一瓶矿泉水，我喝了一杯，两杯，第三次干脆对着瓶口，把剩下的一口气喝光。我重温了一下决心干的事，就像复习功课一样。我要学会使用敌意去对付任何事情，我必须同一切搏斗——我只有自己救自己。

最后，我望见夜空发白，快天亮了。

这是我重大行动的准备之夜。

次日是星期天。必须承认，我一直没有过问玛丝琳的宗教信仰，是漠不关心还是碍于面子，反正我觉得这与己无关，我也根本不重视。等她回来我听说，她为我祈祷了。我定睛看了她一会儿，然后口气尽量温和地说：

“不必为我祈祷，玛丝琳。”

“为什么？”她颇为不安地问道。

“我不喜欢寻求保护。”

“你拒绝天主的保佑？”

“事后，他就要我感恩戴德。这样就得报恩，我可不愿意。”我们表面上在说笑，但谁心里都明白我这话的重要性。

“可怜的朋友，单靠自己，你治不好的。”她叹道。

“治不好也认了……再说，”我见她神色黯然，口气就缓和一点儿补充道，“有你帮助我呀。”

三

我还要长时间地谈论我的身体。我要大谈特谈。你们乍一听，准会以为我忘掉了精神方面。这种疏忽是有意的，当时在那儿也是实际情况。我没有足够气力维持双重生活，心想精神和其余的事，等我的病好转后再考虑不迟。

我的身体还远远谈不上好转，动不动就出虚汗，动不动就着凉，如同卢梭讲的那样，我"呼吸短促"。有时发低烧，早晨一起来就常常疲惫不堪。于是我蜷缩在扶手椅里，对一切都漠然，只顾自己，一心想呼吸顺畅些。我艰难地、小心地、有条理地吸气，呼气时总有两声震颤，我以多大毅力也不能完全憋住。后来很长一段时间，我只有非常注意才能避免。

不过，我最头疼的是，我的病体对气温的变化非常敏感。今天想来，我认为是病上加病，整个神经系统紊乱了。我找不出别种解释，因为那一系列现象，仅仅被当成结核病症状是说不通的。我不是感到太热，就是感到太冷。添加衣服到了可笑的程度，一不打寒战，就又出起虚汗；脱掉一些，一不出虚汗，就又开始打寒战。我身体有几个部位冻僵了，尽管也出汗，摸着却跟大理石一样冰凉，怎么也暖和不过来。我怕冷到了如此地步，洗脸时脚面上洒了点水，这就感冒了；怕热也是这样。这种敏感我保留了下来，至今依然，不过现在却很受用，全身感到通畅舒坦。我认为任何强烈的敏感，都可以成为痛快或难受的起因，这取决于肌体的强弱。从前折磨我的种种因素，现在却使我心旷神怡。

不知道为什么，直到那时，我居然把门窗关得严严地睡觉。遵照T的建议，我试着夜间敞着窗户。起初打开一点点，不久便大敞四开。我很快就习以为常，窗户非开着不可，一关上就透不过气来。后来，夜风和月光入室接近我，我感到多么惬意啊！……

总之，我心情急切，恨不能一下子跨过初见转机的阶段。多亏了坚持不懈的护理，多亏了清新的空气和营养丰富的食品，不久我的身体就好起来。我一直怕上下台阶气喘，没敢离开平台，可是到了一月初，我终于走下平台，试着到花园里散散步。

玛丝琳拿着一条披巾陪伴我，那是下午三时许。那地方经常刮大风，有三天叫我很不舒服，这回风停了，天气温煦宜人。

这是座公园。有一条宽宽的路把公园分割成两部分，路边长着两排叫作金合欢的高大树木，树荫下安有座椅。有一条开凿的水渠，渠面不宽而水很深，它几乎笔直地顺着大路流去，接着分成几条水沟，把水引向园中的花木。水很混浊，颜色宛似浅粉或草灰的黏土。几乎没有外国人，只有几个阿拉伯人在园中徜徉。他们一离开阳光，长衫便染上暗灰色。

我走进这奇异的树荫世界，不觉浑身一抖，有种异样的感觉，于是围上披巾。不过，我毫无不适之感，恰恰相反……我们坐到一张椅子上。玛丝琳默默不语。几个阿拉伯人从面前走过，继而又跑来一群儿童。玛丝琳认得好几个，她招招手，那几个孩子就过来了。她向我一一介绍，接着有问有答，嘻嘻笑，撇撇嘴，做些小游戏。我觉得有点儿闹得慌，又不舒服了，感到疲倦，身体汗津津的。不过，要直言的话，妨碍我的不是孩子，而是她本人。是的，有她在场，我有些拘束。我一站起身，她准会跟着起来；我一摘下披巾，她准会接过去；我又要披上的时候，她准会问："你不是冷了吧？"还有，想跟孩子说话，当着她的面我也不敢，看得出来这些孩子得到她的保护。我呢，对其他孩子感兴趣，这既是不由自主的，又是存心的。

"回去吧。"我对她说，但心里暗暗决定独自再来公园。

次日将近十点钟，她要出去办事，我便利用这个机会。小巴齐尔几乎天天上午都来，他给我拿着披巾，我感到身体轻松，精神爽快。公园里的林荫路上几乎只有我们俩。我缓步而行，坐下歇一会儿，起身再走。巴齐尔跟在后面喋喋不休，他像狗一样又忠实又灵活。一直走到妇女洗衣服的水渠边，只见水流中间有一块平石，上面趴着一个小姑娘，脸俯向水面，手伸进水中，忽而抓住、忽而抛掉漂来的小树枝。她赤着脚，浸在水中，脚面已经形成水印，水印以上的肤色显得深些。巴齐尔走上前去，同她说了两句话。她回过头来，冲我笑笑，用阿拉伯语回答巴齐尔。

"她是我妹妹。"他对我说。接着他向我解释，他母亲要来洗衣裳，他妹妹在那儿等着。她叫拉德拉，在阿拉伯语里是“绿色”的意思。他讲这番话的时候，声音悦耳清亮，十分天真，我也产生了十分天真的冲动。

“她求你给她两个铜子。”他又说道。

我给了她十苏，正要走，这时他的母亲，那位洗衣妇来了。那是个出色的丰满的女人，宽宽的额头刺着蓝色花纹，头顶着衣服篮子，酷似古代顶供品篮的少女雕像。她也像古雕像那样，身上只围着蓝色宽幅布，在腰间扎起来，又一直垂至脚面。她一看见巴齐尔，便狠狠地叱呵他。他激烈地回嘴，小姑娘也插进来，三人吵得凶极了。最后，巴齐尔仿佛认输了，向我说明今天上午他母亲需要他。他神色怏怏地把披巾递给我，我只好一个人走了。

我没有走上二十步，就觉得披巾重得受不了，浑身是汗，碰到椅子就赶紧坐下来。我盼望跑来个孩子，减去我这个包袱。不大工夫，果然来了一个。这是个十四岁的高个子男孩，皮肤像苏丹人一样黑，他一点也不腼腆，主动帮忙。他叫阿舒尔，若不是独眼，我倒觉得他模样挺俊。他喜欢聊天，告诉我河水从哪儿流来，它穿过公园，又冲进绿洲，而且流经整个绿洲。我听着他讲，便忘记了疲劳。不管我觉得巴齐尔如何可爱，可是现在我却对他太熟了，很高兴能换一个人陪我。甚至，我决定有一天独自来公园，坐在椅子上，等待一次巧遇。

我和阿舒尔又停了好几回，才走到我的门前。我很想邀他进屋，可是又不敢，怕玛丝琳说什么。

我看见她在餐室里，正照顾一个小孩子。那男孩身形瘦小，十分羸弱。乍一见，我产生的情绪不是怜悯，而是厌恶。玛丝琳有点儿心虚地对我说：

“这个小可怜病了。”

“至少不会是传染病吧？得了什么病？”

“我还说不准。他好像哪儿都有点儿疼。他法语讲得挺糟。等明天吧，巴齐尔来了可以当翻译。我让他喝了点茶。”

接着，她见我待在那儿不再吭声，就像道歉似的补充说：

“我认识他很长时间了，一直没敢让他来，怕你劳神，也许怕惹你讨厌。”

“为什么呢？”我高声说，“你若是高兴，就把你喜欢的孩子全领来吧！”我想本来可以让阿舒尔进屋，结果没敢这样做，心中有点儿气恼。

我注视着妻子，只见她像慈母一样温柔，十分感人。不大工夫，小孩就心里暖和和地走了。我说刚才去散步了，并且口气婉转地让玛丝琳明白，为什么我喜欢单独出去。

平时夜里睡觉，我还常常惊醒，身体不是冷得发僵，就是大汗淋漓，这天夜里却睡得非常安宁，几乎没有醒。次日上午，刚到九点钟，我就要出去。天气晴和。我觉得完全休息过来了，毫无虚弱乏力之感，心情愉快，或者说兴致勃勃。外面风和日丽，不过，我还是拿了披巾，仿佛作为由头，好结识愿意替我拿的人。我说过，公园和我们的平台毗邻，几步路就走到了。我走进树荫覆盖的园中，顿觉心旷神怡。金合欢树芳香四溢，这种树先开花后发叶。然而，有一种陌生的淡淡的香味，由四面八方飘来，好像从好几个感官沁入我的体内，令我精神抖擞。我的呼吸更加舒畅，步履更加轻松，但是碰见椅子我又坐下，倒不是因为疲乏，而是因为心醉神迷。树荫有点儿稀薄而且是活动着的，但并不垂落下来，仿佛刚刚着地。啊，多么明亮！——我谛听着。听见什么啦？了无一切。我玩味每一种天籁。——记得我远远望见一棵小树，觉得树皮是那么坚硬，不禁起身走过去摸摸，就像爱抚一样，从而感到心花怒放。还记得……总之，难道是那天上午我要复活了吗？

忘记交代了，当时我独自一人，无所等待，也把时间置之度外。仿佛直到那一天，我思考极多而感受极少，结果非常惊异地发现：我的感觉同思想一样强烈。

我讲“仿佛”，是因为从我幼年的幽邃中，终于醒来千百束灵光、千百种失落的感觉。我意识到自己的感官，真是又不安又感激。是的，我的感官，从此苏醒了，整整一段历程使我重又发现，往昔又重新编织起来。我的感官还活着！它们从未停止过存在，甚至在我潜心研究的岁月中间，仍然过着一种隐伏而狡黠的生活。

那天一个孩子也没遇见，但是我心中释然。我从兜里掏出袖珍本《荷马史诗》，从马赛起程以来，我还没有翻开过。这次重读了《奥德赛》里的三行诗，记在心里，觉得从诗的节奏中寻到了足够的食粮，可以从容咀嚼了，便合上书本，待在那里，身心微微颤动，思想沉湎于幸福之中，真不敢相信人会如此生机勃勃。

四

玛丝琳见我的身体渐渐复原，非常高兴，几天来向我谈起绿洲的美妙果园。她喜欢到户外活动。在我患病期间，她正好有空闲远足，回来时还为之心醉。不过，她一直不怎么谈论，怕引起我的兴头也要跟随前往，还怕看到我听了自己未能享受的乐趣而伤心。现在我身体好起来，她就打算用那些景物吸引我，好促使我痊愈。我也心向往之，因为我重又爱散步、爱观赏了。第二天我们就一道出去了。

她走在前头。这条路实在奇特，我在任何地方也没有见过。它夹在两堵高墙之间，懒懒散散地向前延伸。高墙里的园子形状不一，也把路挤得歪歪斜斜，真是九曲十八弯。我们踏上去，刚拐了个弯，就迷失了方向，不知来路，也不明去向。温暖的溪水顺着小路，贴着高墙流淌。墙是就地取土垒起来的，整片绿洲都是这种土，是一种发红或浅灰的黏土，水一冲颜色便深些，烈日一照就龟裂，在燥热中结成硬块，但是一场急雨，它又变软，地面软乎乎的，赤脚走过便留下痕迹。墙上伸出棕榈树枝叶。我们走近时，惊飞了几只斑鸠。玛丝琳瞧了瞧我。

我忘记了疲劳和拘谨，默默地走着，只感到胸次舒畅，意荡神驰，感官和肉体都处于亢奋状态。这时微风徐起，所有棕榈叶都摇动起来，我们望见最高的棕榈树略微倾斜。继而风止，整个空间复又平静。我听见墙里有笛声，于是，我们从一豁口进去。

这地方静悄悄的，仿佛置于时间之外，它充满了光与影、寂静与微响：流水淙淙，那是在树间流窜、浇灌棕榈的溪水；斑鸠谨慎地相呼；一个儿童的笛声悠扬。那孩子看着一群山羊，他几乎光着身子，坐在一棵被砍伐了的棕榈的木墩上，看见我们走近并不惊慌，也不逃跑，只是笛声间断了一下。

在这短短的沉寂中，我听见远处有笛声呼应。我们往前走了几步，玛丝琳说道：

“没必要再往前走了，这些园子都差不多，就是走到绿洲的边上，园子也宽敞不了多少……”她把披巾铺在地上：

“你歇一歇吧。”

我们在那儿待了多久？我不清楚。时间长短又有什么关系呢？玛丝琳在我身边，我躺着，头枕在她的腿上。笛声依然流转，时断时续；淙淙水声……时而一只羊咩咩叫两声。我合上眼睛，感到玛丝琳凉丝丝的手放在我的额上；感到烈日透过棕榈叶，光线十分柔和。我什么也不想，思想有什么用呢？我有一种异样的感觉。

时而传来新的声音，我睁开眼睛，原来是棕榈间的清风。它吹不到我们身上，只能摇动高处的棕榈叶……

次日上午，我同玛丝琳重游这座园子。当天傍晚，我独自又去了。放羊娃还在那儿吹笛子。我走上前去，跟他搭话。他叫洛西夫，只有十二岁，模样很俊。他告诉我羊的名字，还告诉我水渠在当地叫什么。据他说，这些水渠不是天天有水，必须精打细算，合理分配，灌好树木，立即引走。每棵棕榈树下都挖了一个小积水坑，以便浇灌。那里有一套闸门装置，孩子一边摆弄，一边向我解释如何用它控制水，把水引到特别干旱的地方去。

又过了一天，我见到了洛西夫的哥哥。他叫拉什米，稍大一点儿，没有弟弟好看。他踩着树干截去老叶留下的坎儿，像登梯子一样，爬上一棵被打去顶枝的棕榈树，然后又灵活地下来，只见他的衣衫飘起，露出金黄色的身子。他从树上摘下一个小瓦罐，小瓦罐吊在新截枝的伤口边上，接住流出来的棕榈汁液，用来酿酒。阿拉伯人很爱喝这种醇酒。应拉什米的邀请，我尝了一口，不大喜欢，觉得辣乎乎、甜丝丝的，没有酒味。

后来几天，我走得更远，看见别的牧羊娃和别的羊群。正如玛丝琳说的那样，这些园子全都一样，然而每个又不尽相同。

玛丝琳还时常陪伴我，不过，一进果园，我往往同她分手，说我乏了，想坐下歇歇，她不必等我，因为她需要走得远些。这样，她就独自去散步了。我留下来同孩子们为伍。不久，我就认识了他们当中的许多人。我同他们长时间地聊天，学习他们的游戏，也教他们别的游戏，把我身上的铜子都输掉了。有些孩子陪我往远处走（我每天都增加一段路），指给我回去的新路，替我拿外套和披巾，因为有时我两件都带上。临分手的时候，我分给他们一些铜子。有时他们一边玩耍，一边跟着我，直到我的门口；有时他们也会跨进门。

而且，玛丝琳也领回一些孩子，是从学校带来的，她鼓励他们学习。放学的时候，听话的乖孩子就可以来。我带来的则是另一帮，不过，他们能玩到一处。我们总是特意准备些果子露和糖果。不久，甚至不用我们邀请，别的孩子也主动来了。我记得他们每一个人，眼前还浮现他们的面容……

一月末，突然变天了，刮起冷风，我的身体立刻感到不适。对我来说，市区和绿洲之间的那大片空场，又变得不可逾越了。我又重新满足于在公园里走走。接着下起雨来，冷雨。北面群山大雪覆盖，一望无际。

在这些凄清的日子里，我神情沮丧，守着火炉，拼命地同病魔搏斗，而病魔乘恶劣气候之势，占了上风。愁惨的日子：我既不能看书，也不能工作；稍微一动就出虚汗，浑身难受；精神稍微一集中就倦怠；只要不注意呼吸，就感到憋气。

在这些凄苦的日子里，我只能跟孩子们开开心。由于下雨，只有最熟悉的孩子才来。衣裳都淋透了，他们围着炉火坐成半圈。我太疲倦，又太难受，只能看着他们。然而，面对他们健康的身体，我的病会好起来。玛丝琳喜欢的孩子都很羸弱，老实得过分。我对她和他们非常恼火，终于把他们赶走了。老实说，他们引起我的恐惧。

一天上午，我对自身有个新奇的发现。房间里只有我和莫克蒂尔，在受我妻子保护的孩子中间，唯独他没有使我产生丝毫反感。

我站在炉火前，双肘撑在壁炉台上，好像在专心看书，但是在镜子里能看到身后莫克蒂尔的活动。我说不清出于什么好奇心，一直暗中监视他。他却不知道，还以为我在埋头看书。我发现他蹑手蹑脚地走到一张桌子跟前，从上面偷偷抓起玛丝琳放在一件活计旁边的剪刀，一下塞进他的斗篷里。我的心一时间猛烈地跳动，但是，于我来说，并没有产生一点儿反感。事实上，我不得不承认，自己被一种快乐的感觉包围了。等我给莫克蒂尔充裕时间偷了剪刀之后，我又回身跟他说话，就好像什么事也没发生似的。玛丝琳非常喜爱这个孩子，然而我认为，当我见到她的时候，没有戳穿莫克蒂尔，还胡编了一套话说剪刀不翼而飞，并不是怕她生气。从这天起，莫克蒂尔成为我的宠儿。

五

我们在比斯克拉不会住多久了。二月份的连雨天一过，天气骤热。经过了几个难熬的暴雨天，一天早晨我醒来，忽见碧空如洗。我赶紧起床，跑到最高的平台上。晴空万里，旭日从雾霭中脱出，已经光芒灿灿；绿洲一片蒸腾；远处传来干河涨水的轰鸣。空气多么明净清新，我立即感到舒畅多了。玛丝琳也上来了，我们想出去走走。不过这天路太泥泞，无法出门。

过了几天，我们又来到洛西夫的园子，只见草木枝叶吸足了水分，显得柔软湿重。对于非洲这块土地的等待，我还没有体会到。它在冬季漫长的时日中蛰伏，现在苏醒了，灌足了水，一派生机勃勃，在炽烈的春光中欢笑。我感受到了这春的回响，宛似我的化身。起初还是阿舒尔和莫克蒂尔陪伴我们，我仍然享受他们轻浮的、每天只费我半法郎的友谊。可是不久，我对他们就厌烦了，因为我本身已不那么虚弱，无须再以他们的健康为榜样，再说，他们的游戏也不能给我提供乐趣了，于是我把思想和感官的激发转向玛丝琳。从她的快乐中我发现，她依旧很忧伤。我像孩子一样道歉，说我常常冷落她，并把我的反复无常的脾气归咎于我的病体，还说直到那时候，我由于身子太虚弱而不能跟她同房，但此后我渐渐康复，就会感到情欲激增。我这话不假，不过我的身体无疑还很虚弱，只是在一个多月之后，我才渴望同玛丝琳交欢。

气温日益增高。比斯克拉固然有迷人之处，而且后来也令我忆起那段生活，但是除此之外，我们没有什么可留恋的了。我们突然决定走了，用了三个小时就把行李打包好，是次日凌晨的火车。

起程的前一天夜晚，我还记得清清楚楚。月亮有八九分圆，从敞开的窗户照进来，满室清辉。我想玛丝琳正在酣睡。我躺在床上难以成眠，有一种惬意的亢奋感，这不是别物，正是生命。我起身，手和脸往水里浸一浸，然后推开玻璃门出去了。

夜已深了，静悄悄的，没有一点儿声息，空气都仿佛睡了，只有远处隐约传来犬吠声。那些阿拉伯种犬跟豺一样，整夜嗥叫。面前是小庭院，围墙形成一片斜影。整齐的棕榈树既无颜色，又无生命，似乎永远静止……一般来说，总还能在沉睡中发现生命的搏动，然而在这里，没有一点儿睡眠的迹象，一切仿佛都死了。我面对这幽静不禁感到恐怖。陡然，生命的悲感重又侵入我的心，就像要在这沉寂中抗争、显现和浩叹。这种近乎痛苦的感觉十分猛烈，以至我真想呼号，如果我能像野兽那样嘶叫的话。我还记得，我抓住自己的手，右手抓住左手，想举到头顶，而且真的做了。为什么呢？就是要表明我还活着，要感受活着多么美妙。我摸摸自己的额头、眼睑，浑身不觉一抖。心想总有一天，我渴得要命，但恐怕连把水杯送到嘴边的气力也没有了……我返身回屋，但是没有重新躺下。我想把这一夜固定下来，铭刻在我的记忆中，永志不忘。我不知道干什么好，便从桌子上拿起一本书——《圣经》，随便翻开，借着月光看得见字，我读了基督对彼得讲的这段话。唉！后来我始终没有忘却："你年少的时候，自己束上带子，随意往来；但年老的时候，你要伸出手来……伸出手……"

次日凌晨，我们动身了。

六

旅途的各个阶段就不赘述了。有些阶段只留下模糊的记忆。我的身体时好时坏，遇到冷风就步履踉跄，瞥见云影也隐隐不安，这种脆弱的状态常常导致心绪不宁。不过，至少我的肺部见好，病情每次反复都轻些，持续的时间也短些。虽然病来的时候势头还那么猛烈，但是，我身体的抵抗力却增强了。

我们从突尼斯到马耳他，又前往锡拉库萨，最后回到语言和历史我都熟悉的古老大地。自从患病以来，我的日子就不受审查和法律的限制了，如同牲畜或幼儿那样，全部心思都放在生活上。现在病痛减轻，我的生活又变得确实而自觉了。久病之后，我原以为自己又恢复原状，很快就会把现在同过去联系起来。不过，身处陌生国度的新奇环境中，我可以如此臆想，到达这里则不然了。这里的一切都向我表明令我惊异的情况：我已经变了。

在锡拉库萨以及后来的旅程中，我想重新研究，像从前那样潜心考古，然而我却发现，由于某种缘故，我在这方面的兴趣即或没有消失，至少也有所变化。这缘故就是现时感。现在我看来，过去的历史酷似比斯克拉的小庭院里夜影的那种静止、那种骇人的凝固、那种死一般的静止。从前，我甚至很喜欢那种定型，因为我的思想也能够明确。在我的眼里，所有史实都像一家博物馆中的藏品，或者打个更恰当的比喻，就像腊叶标本集里的植物，那种彻底的干枯有助于我忘记它们曾饱含浆汁在阳光下生活。现在，我再玩味历史，却总是联想现时。重大的政治事件引起的兴奋，远不如诗人或某些行动家在我身上引发的激情。在锡拉库萨，我又读了忒奥克里托斯的田园诗，心想他那些名字动听的牧羊人，正是我在比斯克拉所喜欢的那些牧羊娃。

我渊博的学识渐次醒来，也开始妨碍我，扫我的兴。我每参观一座希腊古剧场、古庙，就会在头脑里重新构思。古代每个欢乐的节庆在原地留下的废墟，都引起我对那逝去的欢乐的悲叹；而我憎恶任何死亡。

后来，我竟至逃避废墟，不再喜欢古代最宏伟的建筑，更爱人称“地牢”的低矮果园和库亚纳河畔。要知道，那果园的柠檬像橙子一样酸甜。库亚纳河流经纸莎草地，还像它为珀尔塞福涅哭泣之日那样碧蓝。

后来，我竟至轻视我当初引以为豪的满腹经纶。我当初视为全部生命的学术研究，现在看来，同我也只有一种极为偶然的风俗关系。我发现自己不同往常：我在学术研究之外生活了，多快活啊！我觉得作为学者，自己显得迂拙；作为人，我能认识自己吗？我才刚刚出世，还难以推测自己会成为什么人，这就是应当了解的。

在被死神的羽翼拂过的人看来，原先重要的事物失去了重要性，另外一些不重要的变得重要了。换句话说，过去甚至不知何为生活。知识的积淀在我们精神上的覆盖层，如同涂的脂粉一样裂开，有的地方露出鲜肉，露出遮在里面的真正的人。

从那时起我打算发现的那个人，正是真实的人、“古老的人”，福音书弃绝的那个人，也正是我周围的一切——书籍、导师、父母，乃至我本人起初力图取消的人。在我看来，由于涂层太厚，他已经更加繁复，难于发现，因而更有价值，更有必要发现。从此我鄙视经过教育的装扮而有教养的第二位的人。必须摇掉他身上的涂层。

好比隐迹纸本，我也尝到辨认真迹的学者的那种快乐。在手稿上晚近添加的文字下面，发现更加珍贵的原文。这原文究竟是什么呢？若想阅读，不是首先得抹掉后来的载文吗？

因此，我不再是病弱勤奋的人，也不再恪守先前的拘板狭隘的观念。这本身不只是康复的问题，还有生命的充实与重新迸发、更为充沛而沸热的血流。这血流要浸润我的思想，一个一个浸润我的思想，要渗透一切，要激发我全身最久远、敏锐而隐秘的神经，并为之着色。因为，强壮还是衰弱，人总要适应，肌体依据自身的力量而组结。但愿力量增大，提供更大的可能性，那么……这种种思想，当时我并没有，这里的描绘不免走样。老实说，我根本不思考，根本不反躬自省，仅仅受一种造化的指引。怕只怕过分贪求地望一眼，会搅乱我那缓慢而神秘的蜕变。必须让隐去的性格从容地再现，而不应人为地培养。放任我的头脑，并非放弃，而是休闲。

我沉湎于我自己，沉湎于事物，沉湎于我觉得神圣的一切。我们已经离开了锡拉库萨，我跑在陶尔米纳至莫勒山的崎岖的路上，大声喊叫，仿佛是在我身上呼唤它：一个新生！一个新生！

当时我唯一勉力坚持做的，就是逐个叱呵或消除我认为与我早年教育、早年观念有关的一切表现。基于对我的学识的鄙夷，也出于对我这学者的情趣的蔑视，我不肯去参观阿格里真托。几天之后，我沿着通往那不勒斯的大路行进，也没有停下来看看帕埃斯图姆巍峨的神庙。不过，两年之后，我又去那儿不知祈祷哪路神仙。

我怎么说唯一的勉力呢？我自身若是不能焕然一新，能引起我的兴趣吗？图新而尚未可知，只有模糊的想象，但是我悠然神往，愿望从来没有如此强烈，矢志使我的体魄强健起来，晒得黑黑的。我们在萨莱诺附近离开海岸，到达拉韦洛。那里空气更加清爽，岩石千姿百态，山谷深邃莫测，胜境有助于游兴，因此我感到身体轻快，流连忘返。

拉韦洛与帕埃斯图姆平坦的海岸遥遥相对，它坐落在巉岩上，远离海岸，更近青天。在诺曼底人统治时期，这里是座相当重要的城堡，而今不过是一个狭长的村落。我们去时，恐怕是唯一的外国游客。我们下榻的旅店，从前是一所教会建筑，它坐落在山崖上，平台和花园仿佛垂悬于碧空之中。一眼望去，除了爬满葡萄藤的围墙，唯见大海。待走近围墙，才能看到直冲而下的园田。把拉韦洛和海岸连接起来的，主要不是小径，而是梯田。拉韦洛之上，山势继续拔起。山上空气凉爽，生长着大片的栗子树、北方草木；中间地带是橄榄树、粗大的长角豆树，以及树荫下的仙客来；地势再低的近海处，柠檬林则星罗棋布。这些果园都整理成小块梯田，依坡势而起伏，几乎雷同，相互间有小径通连，人们可以像小偷一样溜进去。在这绿荫下，神思可以远游。叶幕又厚又重，没有一束阳光直射下来。累累的柠檬垂着，宛似颗颗大蜡丸，四处飘香，在树荫下呈青白色。只要口渴，伸手可摘，果实甘甜微涩，非常爽口。

树荫太浓，我在下面走出了汗，也不敢停歇。不过，我拾级而上，并不感到十分疲惫，还有意锻炼自己，闭着嘴往上攀登，一气儿比一气儿走得远，尚有余力可贾。最后达到目标，争强好胜之心得到报偿。我出汗很久又很多，只觉得空气更加顺畅地涌入我的胸中。我以从前的勤奋态度来护理身体，已见成效了。

我常常惊奇自己的身体康复得这么快，以至认为当初夸大了病情的严重性，以至怀疑我病得并不是那么严重，以至自嘲还咯了血，甚而遗憾这场病没有更加难治些。

起初我没有摸清自己身体的需要，因此胡治乱治，后来经过耐心品察，在谨慎的疗养方面终于有了一套精妙的办法，并且持之以恒，像游戏一般乐在其中。最令我伤脑筋的，还是我对气温变化的那种病态的敏感。肺病既已痊愈，于是我把这种过敏归咎于神经脆弱，归咎于后遗症。我决心战胜它。我见几个农民袒胸露臂在田间劳作，看到他们漂亮的皮肤仿佛吸足了阳光，心中艳羡，也想把自己的皮肤晒黑。一天早上，我脱光了身子观察，只见胳膊肩膀瘦得出奇，用尽全力也扭不到身后。尤其是皮肤苍白，准确点说是毫无血色，我不禁满面羞愧，潸然泪下。我急忙穿上衣服出门，但不像往常那样去阿马尔菲，而是直奔覆盖着矮草青苔的岩石。那里远离人家，远离大路，不会被人瞧见。到了那儿，我慢慢脱下衣裳。风有些凉意，但阳光灼热。我的全身暴露在阳光中。我坐下，又躺倒，翻过身子，感觉到身下坚硬的地面。野草轻轻地拂我。尽管在避风处，我每次喘气还是打寒战。然而不大工夫，全身就暖融融的，整个肌体的感觉都涌向皮肤。

我们在拉韦洛逗留半个月。每天上午，我都到那些岩石上去晒太阳。我还是捂着很厚的衣服，可是不久就觉得碍事而多余了。我的皮肤增加了弹性，不再总出汗，能够自动调节温度了。

在最后几天的一个上午（正值四月中旬），我又采取了一个大胆的步骤。在我所说的重峦叠嶂中有一股清泉，流到那里正好形成一个小瀑布，水势尽管不大，但在下面却冲成一个小潭，积了一泓清水。我去了三次，俯下身子，躺在水边，心里充满了渴望。我久久地凝视光滑的石底，真是纤尘不染，草芥未入，唯有阳光透射，波光粼粼，绚丽多彩。第四天去的时候，我已下了决心，一直走近无比清澈的泉水，不假思索，一下子跳进去，全身没入水中。我很快感到透心凉，从水里出来后，就躺在草地上晒太阳。这里长着薄荷，香气扑鼻。我掐了一些，揉揉叶子，再往我的湿漉漉而滚烫的身子上搓。我久久地自我端详，心中喜不自胜，再也没有丝毫的羞愧。我的身体显得匀称，性感，而且中看，虽说不够强健，但是以后会健壮起来的。

七

由此可见，我的全部行为、全部工作，就是锻炼身体。这固然蕴含着我那变化了的观念，但是在我眼里也仅仅成了一种训练、一种手段，本身再也不能满足我了。

还有一次行动，在你们看来也许是可笑的，不过我要重新提起，因为它可以表明，我处心积虑地要在仪表上宣示我内心的衍变，迫切心理达到了何等幼稚可笑的程度：在阿马尔菲，我剃掉了胡子。

在那之前，我的胡子全部蓄留，头发理得很短，从未想到自己无妨换一种发型。我头一次在岩石上脱光身子的那天，突然感到胡子碍事，仿佛它是我无法脱掉的最后一件衣裳。须知我的胡子不是锥形，而是方形，梳理得很齐整。我觉得它像假的，样子既可笑，又非常讨厌。回到旅店客房，照照镜子，还是讨厌，那是我一贯的模样：文献学院的毕业生。吃罢午饭，立刻去阿马尔菲，我已经拿定了主意。市镇很小，在广场上仅有一家大众理发店，我也只好将就了。这是赶集的日子，理发店里挤满了人，不得不没完没了地等下去。然而，不管是令人疑惧的剃刀、发黄的肥皂刷、店里的气味，还是理发匠的狠辞，什么也不能使我退却。感到剪刀下去，胡须纷纷飘落，我就像摘下面具一般。重新露面的时候，我极力克制的紧张情绪不是欢快，而是后怕，但这又有何妨！我只是认定，并不责怪这种感觉。我看自己的样子挺漂亮，因此，怕的不是这个，而是觉得人家洞察了我的思想，又陡然觉得这种思想极为骇人。

胡子剃掉，头发倒留了起来。

这就是我新的形体，暂时还无所事事，但以后会有所作为的。我相信这形体认为我自己会有惊人之举，不过还要宽以时日。我心想要看日后，待它更加成熟之时。这样一来，玛丝琳就会误解。的确，我的眼神的变化，尤其是我刮掉胡子那天的新模样，很可能引起了她的不安。不过，她已经非常爱我，不会仔细打量我，再说，我也尽量使她放心。关键是不让她打扰我的新生，为了掩她耳目，我只好伪装起来。

显而易见，玛丝琳嫁的人和爱的人，并不是我的“新形体”。这一点我常常在心中叨念，以便时刻惕厉，着意掩饰，只给她一种表象。而这表象为了显得始终一贯，忠贞不渝，变得日益虚假了。

我同玛丝琳的关系暂时维持原状，尽管我们的枕席之欢越来越浓烈。我的掩饰本身（如果可以这样描述我要防止她判断我的思想的行为）也使情欲倍增。我是说这种情欲使我对玛丝琳倍加关心。被迫作假，开头我也许有点儿为难。然而，我很快就明白，公认的最卑劣之事（此处只举说谎一件）难以下手，只是对从未干过的人而言，一旦干了出来，哪一件都会很快变得既容易又有趣，给人以再干的甜头，不久好像就合情合理了。如同在任何事情上战胜了最初的厌恶心理那样，我最终也尝到了隐瞒的甜头，于是乐在其中，仿佛在施展我的尚未认识的能力。我在更加丰富充实的生活中，每天都走向更加甜美的幸福。

八

从拉韦洛到索伦托，一路风光旖旎。这天早上，我真不期望在大地上看到更美的景色了。岩石灼热，空气充畅，野草芳菲，天空澄净，这一切使我饱尝生活的美好情趣，给我极大的满足，以至我觉得百感俱隐，唯有一种淡淡的快意萦绕心头。缅怀或惋惜，希冀或渴求，未来与过去，统统缄默了，我只感受到现时送来和带走的生活。——“身体的快感啊！”我高声发出感慨，“我的肌肉的铿锵节奏！健康啊！”

玛丝琳过分文静的快乐会冲淡我的快乐，正如她的脚步会拖慢我的脚步一样，因此，我一大早就动身，比她先走一步。她准备乘车赶上我，我们预计在波西塔诺用午餐。

快到波西塔诺的时候，我忽然听到有人在怪声怪调地唱歌，伴随着车轮的隆隆低音。我立刻回头望去，起初什么也没有看见，因为大路到这里绕峭壁拐了个弯。继而，赫然出现一辆马车，狂驶过来，正是玛丝琳乘坐的那辆。车夫立在座位上，一边扯着嗓子唱歌，一边手舞足蹈，拼命鞭打惊马。这个畜生！他经过我面前，听见我吆喝也不停车。我险些挨轧，纵身闪到路旁……我冲上去，无奈车跑得太快。我担心得要命，既怕玛丝琳摔下来，又怕她待在上面出事，马一惊跳，就可能把她抛到海里去。马陡然失蹄跌倒。玛丝琳跳下车要跑开，但我已经赶到她面前。车夫一看见我，迎头便破口大骂。我火冒三丈，这家伙刚一出口不逊，我就扑上去，猛地把他从座位上拉下来，同他在地上扭作一团，但我没有失去优势。他似乎摔蒙了，我见他想咬我，照他面门就是一顿拳头，打得他更不知东南西北了。我仍不放手，用膝盖抵住他的胸脯，极力扭住他的胳膊。我瞧着这张丑陋的面孔，它被我的拳头砸得更加难看了。哼！这个恶棍，他唾沫四溅，口水满脸，鼻子流血，还不住口地骂！真的！把他掐死也应该。也许我真会干得出来……至少我觉得有这个能力，想必是顾忌警察，才算罢手。

我费了好大劲儿，才把这个疯子牢牢捆住，像口袋一样把他扔到车里。

嘿！事后，玛丝琳和我交换怎样的眼神啊！当时危险并不大，但是我必须显示自己的力量，而且是为了保护她。我立即感到可以把自己的生命献给她，愉快地全部献给她……马站了起来。我们把醉鬼丢在车厢里不管，两人登上车夫座位，驾车好歹到了波西塔诺，接着又赶到索伦托。

正是这天夜里我完全占有了玛丝琳。

我在交欢上仿佛焕然一新，这一点你们理解吗？还要我重复吗？也许由于爱情有了新意，我们真正的婚礼之夜才无限缠绵。今天回想起来，我还觉得那一夜是绝无仅有的：炽热的欲火、交欢时的惊奇，增添了多少柔情蜜意。一夜工夫就足以宣示最伟大的爱情，而这一夜是多么铭心刻骨，以至我唯独时时念起它。这是我们心灵交融的片刻的欢笑，但是我认为这欢笑是爱情的句点，也是唯一的句点。此后，唉！心灵再也难于跨越，而心灵要使幸福重生，只能在奋力中消殒。阻止幸福的，莫过于对幸福的回忆。唉！我始终记得那一夜。

我们下榻的旅店位于城外，四周是花园和果园，客房外面伸出一个宽大的阳台，树枝拂得到。晨曦从敞着的窗户射进来。我轻轻地支起身子，深情地俯向玛丝琳。她依然睡着，仿佛在睡梦中微笑，我觉得自己更加强壮，而她更加柔弱，她的娇媚易于摧折。我的脑海思绪翻腾，心想说我是她的一切，她并未说谎，随即又想道："我为她的快乐究竟做了什么呢？我几乎终日把她丢在一旁。她期待从我这儿得到一切，而我却把她弃置不管！唉！可怜的，可怜的玛丝琳！"转念至此，我热泪盈眶。我想以从前身体衰弱为理由为自己开脱，但是枉然。现在我还只顾自己，一味养身，又是为何呢？眼下我不是比她健康吗？

她面颊上的笑意消失了，朝霞尽管染红每件物品，却使我猝然发现她那苍白的忧容。也许由于清晨来临，我的心绪才怅然若失："玛丝琳啊，有朝一日，也要我护理你吗？也要我为你提心吊胆吗？"我在内心高呼道。我不寒而栗。于是，我满怀爱情、怜悯和温存，在她闭着的双目中间亲了一下，那是最温柔、最深情、最诚笃的一吻。

九

我们在索伦托度过的几天很惬意，也非常平静。我领略过这种恬适、这种幸福吗？此后还会尝到同样的恬适和幸福吗？……我厮守在玛丝琳的身边，考虑自己少了，照顾她多了，觉得跟她交谈很有兴味，而前些日子我却乐于缄默。

我认为我们的游荡生活能够令我心满意足，但我觉察出她尽管也优哉游哉，却把这种生活看作临时状况。起初我不免惊异，然而不久就看到这种生活过于闲逸。它持续一段时间犹可，因为我的身体终于在舒闲中康复，但是赋闲之余，我第一次萌生了工作的愿望。我认真谈起回家的事，看她喜悦的神情便明白，她早就有这种念头了。

然而，我重新开始思考的历史上的几个课题，却没有引起我早先那种兴趣。我对你们说过，自从患病之后，我觉得抽象而枯燥地了解古代毫无用处。诚然，我以前从事语史学研究，譬如，力图说明哥特语对拉丁语变异所起的作用，忽视并且不了解提奥多里克、卡西奥多鲁斯和阿玛拉松莎等形象及其令人赞叹的激情，只是钻研他们生活的符号和渣滓。可现在，还是这些符号，还是全部语史学，在我看来却不过是一种门径，以便深入了解在我面前显现的蛮族的伟大与高尚。我决定进一步研究那个时期，在一段时间内，集中考察哥特帝国的末年，并且趁我们旅行之机，下一程到它灭亡的舞台——拉文纳去看看。

不过，老实说，最吸引我的，还是少年国王阿塔拉里克的形象。在我的想象中，这个十五岁的孩子暗中受哥特人的怂恿，起来同他母后阿玛拉松莎分庭抗礼，如同马摆脱鞍辔的束缚一般抛弃文化，反对他所受的拉丁文明的教育，鄙视过于明智的老卡西奥多鲁斯的社会，偏爱未曾教化的哥特人社会，趁着锦瑟年华，性情粗犷，过了几年放荡不羁的生活，慢慢完全腐化堕落，十八岁便夭折了。我在这种追求更加野蛮古朴状况的可悲冲动中，发现了玛丝琳含笑称为“我的危机”的东西。既然身体不存在问题了，我至少把思想用上，以求得一种满足，而且在阿塔拉里克暴卒一事中，我极力想引出一条教训。

我们没有去威尼斯和维罗纳，匆匆游览了罗马和佛罗伦萨，在拉文纳停留了半个月，便返回巴黎，戛然结束旅行。我同玛丝琳谈论未来的安排，感到一种崭新的乐趣。如何度过夏季，仍然犹豫未决。我们二人都旅行够了，不想再走了。我希望安安静静地从事研究，于是，我们想到一处庄园去。那座庄园在诺曼底草木最丰美的地区，位于利雪与主教桥之间，它从前属于我母亲，我童年时有几次随她去那里消夏，自从她仙逝之后，就再也没有去过。我父亲把它交给一个护院经管。那个护院现已年迈，他自己留下一部分租金，并按时把余下部分寄给我们。在几股活水横贯的花园里，有一座非常好看的大房子，给我留下了极为美妙的印象。那座庄园叫作莫里尼埃尔，我认为到那里居住比较适宜。

我还谈到，这年冬季去过罗马，但是这次是作为研究者去的，而不是去当游客。不过，最后这项计划很快给打消了，因为我在那不勒斯收到一个久已到达的重要邮件，突然得知法兰西学院空出一个讲席，好几次提到我的名字。虽说是代课，将来却正因此而能有较大的自由。函告我的那位朋友还指出，我若是愿意接受，只须进行一些简单的活动。他力主我接受下来。我先是迟疑，特别怕受人役使；继而又想，在课堂上阐述我对卡西奥多鲁斯的研究成果，可能很有意思，而且，这也会使玛丝琳高兴，于是我决定下来。一旦决定，我就只考虑有利方面了。

在罗马和佛罗伦萨的学术界，有我父亲不少熟人，我同他们也建立了通信关系。如果我要到拉文纳和别的地方考察研究，他们可以提供各种方便。我一心想工作。玛丝琳也百般体贴，巧用心思促使我工作。

在旅行结尾阶段，我们的幸福十分平稳宁静，没有什么好叙述的。人们最动人心弦的作品，总是痛苦的产物。幸福有什么可讲的呢？除了引起以及后来又毁掉幸福的情况，的确不值得一讲。——而我刚才对你们讲的，正是引起幸福的全部情况。

第二部

喜欢少受别人限制、少为别人操心的生活，
其秘密是不是单单在于我的拘束之感。

一

我们在巴黎停留的时间很短，只用来购置物品和拜访几个人，于六月上旬到达莫里尼埃尔庄园。

前面讲过，莫里尼埃尔庄园位于利雪和主教桥之间，在我所见过的绿荫最浓最潮湿的地方。许多狭长而和缓的冈峦，止于不远的非常宽阔的欧日山谷；欧日山谷则平展至海边。天际闭塞，唯见充满神秘感的矮树林、几块田地，尤其是大片草地、缓坡上的牧场。牧场上牛群羊群自由自在地吃草，水草丰茂，一年收割两次。还有不少苹果树，太阳西沉的时候，树影相连。每条沟壑都有水，或成池沼，或成水塘，或成溪流，淙淙水声不绝于耳。

啊！这座房子我完全认得！那蓝色房顶，那砖石墙壁，那水沟，那水中的倒影……这座古老的房子可以住十二个人。现在玛丝琳、三个仆人，有时我也帮把手，我们也只能使房子的一部分整齐起来。我们的老护院叫博加日，他已经尽了力，准备出几个房间。沉睡二十年之久的老家具醒来了。一切仍然是我记忆中的样子：护壁板还没有损坏，房间稍一收拾就能住人了。博加日把找到的花瓶都插上了鲜花，表示欢迎我们。经他的安排，大院子和花园里最近几条林荫路也已经除掉杂草，平整好了。我们到达的时候，房子正接受最后一抹夕阳的洗礼。从房子对面的山谷中，已然升起静止不动的雾霭，只见溪流在雾霭中时隐时现。我人还未到，就蓦地辨出那芳草的清香。我重又听见绕着房子飞旋的燕子的尖厉叫声。整个过去陡然跃起，就仿佛它在等候我，认出了我，待我走近前便重新合抱似的。

几天之后，房子就整理得相当舒适了。本来我可以开始工作了，但我仍旧拖延，仍旧谛听我的过去细细向我追述。不久，一件意外喜事又打断了这种追述——我们到达一周之后，玛丝琳悄悄告诉我，她怀孕了。

我当即感到应当多多照顾她，多多怜爱她，至少在她告诉我这个秘密之后的那些日子，我几乎终日守在她的身边。我们来到树林附近，坐在我同母亲从前坐过的椅子上，在那里，光阴来临都更加赏心悦目，时光流逝也更加悄然无声。如果说从我那个时期的生活中，没有突现任何清晰的记忆，那也绝不是因为它给我留下的印象不够鲜明，而是因为一切糅合、一切交融，化为一体的安逸，在安逸中晨昏交织，日月相连。

我慢慢地恢复了学术研究。我觉得心神恬静，精力充沛，胸有成竹，看待未来既有信心，又不狂热，意愿仿佛平缓了，仿佛听从了这块温和土地的劝告。

我心想，毫无疑问，这块万物丰衍、果实累累的土地堪称楷模，对我有种潜移默化的作用。在水草丰美的牧场上，这健壮的耕牛，这成群的奶牛，预示着安居乐业的年景，令我啧啧称赞。顺坡就势栽植的整齐的苹果树，夏季丰收在望，我畅想不久果压枝垂的喜人景象。这井然有序的富饶、快乐的驯从、微笑的作物，呈现一种承旨而非随意的和谐，呈现一种节奏、一种谐趣天成的美。大自然灿烂的馈赠，以及人调节自然的巧妙功夫，已经水乳交融，浑然一体了，再难说应当赞赏哪一方面。我不禁想，如若没有这种受制的野生蛮长之力，人的功夫究竟如何呢？反之，如若没有阻遏它并笑着把它引向繁茂的机智的人工，这种野生蛮长之力又会怎样呢？——我的神思飞向一片大地，那里一切力量都十分协调，任何耗散都得到补偿，所有交换都分毫不差，因而容不得一点儿失信。继而，我又把这种玄想用于生活，建立一种伦理学，使之成为明智地利用自己的科学。

我先前的冲动，隐匿到何处了？我如此平静，仿佛就根本没有那阵阵冲动似的。爱情如潮，已将那冲动全部覆盖了。

老博加日却围着我们转，大献殷勤。他里里外外张罗，事事督察，点子也多，让人感到他为了表现自己是必不可少的角色，做得未免过分。我必须核实他的账目，听他没完没了地解释，以免扫他的兴。可是他仍不知足，还要我陪他去看田地。他那为人师表的自负、那滔滔不绝的高论、那溢于言表的得意、那炫耀诚实的做法，不久便把我惹火了。他越来越缠人，而我却觉得，只要夺回我的安逸生活，什么灵法儿都是可取的——恰巧在这种时候，一个意外事件改变了我同他的关系。一天晚上，博加日对我说，他儿子夏尔第二天要到这里。

我只是哦了一声，几乎没有反应，直到那时，我并不关心博加日有几个孩子。接着，我看出他期待我有感兴趣和惊奇的表示，而我的漠然态度使他难受，于是问道：

“现在他在哪儿呢？”

“在一个模范农场，离阿朗松不远。”博加日答道。

“他年龄大概有……”我又说道。原先根本不知道他有个儿子，现在却要估计年龄，不过我说得很慢，好容他打断我的话。

“过了十七了，”博加日接上说，“令堂去世那时候，他也就四岁。嘿！如今长成了个大小伙子，过不了多久，就要比他爸爸高了。”博加日一打开话匣子，就再也收不住了，不管我的厌烦神情有多明显。

次日，我早已把这事儿置于脑后了。到了傍晚，夏尔刚到，就来向我和玛丝琳请安。他是个英俊的小伙子，身体那么健壮，那么灵活，那么匀称，即便为见我们而穿上了蹩脚的衣服，也不显得十分可笑。他的脸色自然红润，不大能看得出来羞赧；他的眸子仍然保持童稚的颜色，好像只有十五岁；他的口齿相当清楚，不忸忸怩怩，跟他父亲相反，不讲废话。我忘记了初次见面的晚上，我们谈了什么话。我只顾端详他，无话可讲，让玛丝琳同他交谈。翌日，我第一次没有等老博加日来接我，自己跑到山坡上的农场，我知道那里开始了一项工程。

一个水塘要修补。这个水塘像池沼一样大，现在总跑水，漏洞业已找到，必须用水泥堵塞，因而先得抽干水，这是十五年来没有的事了。水塘里的鲤鱼和冬穴鱼多极了，都潜伏在水底。我很想跳进水塘，抓一些鱼给工人，而且，这次农场异常热闹，又是抓鱼，又是干活。附近来了几个孩子，也帮助工人忙活。过一会儿，玛丝琳也会来的。

我到的时候，水位早已降下去了。时而塘水动荡，水面骤起波纹，露出惶恐不安的鱼群的褐色脊背。孩子在水坑边蹚着泥水，捉住一条亮晶晶的小鱼，便扔进装满清水的木桶里。鱼到处游窜，把塘水搅得越来越混浊，变成了土灰色。想不到鱼这么多，农场四个工人把手伸进水里随便一抓，就能抓到。可惜玛丝琳迟迟不来，我正要跑去找她，忽听有人尖叫，说是发现了鳗鱼。但是，鳗鱼从手指间滑跑，一时还捉不住。夏尔一直站在岸上陪着他父亲，这时再也忍耐不住，突然脱掉鞋和袜子，又脱掉外衣和背心，再高高地挽起裤腿和衬衣袖子，毅然下到水塘里。我也立刻跟着下去。

“喂！夏尔！”我喊道，“您昨天回来赶上了吧？”

他没有答言，只是冲着我笑，心思已经放到抓鱼上。我又马上叫他帮我堵住一条大鳗鱼，我们俩双手围拢才把它抓住，接着又逮住一条。泥水溅到我们脸上，有时我们突然陷下去，水没到大腿根，全身很快就湿透了。我们玩得非常起劲，仅仅欢叫几声，但没有交谈几句话。可是到了傍晚，我已经对夏尔称呼“你”了，却记不清是从什么时候开始的。我们在这次联合行动中相互了解的事情，比进行一次长谈还要多。玛丝琳还没有到，恐怕不会来了。不过，我对此已不感到遗憾了，心想她在场，反而会妨碍我们的快乐情绪。

第二天一早，我就去农场，找到了夏尔。我们二人朝树林走去。我很不熟悉自己的土地，也不大想进一步了解；然而，不管是土地还是租金，夏尔都了如指掌，真令我十分惊奇。他告诉我，我有六个佃户，本来可以收取一万八千法郎的租金，可是我只能勉强拿到半数，耗损的部分主要是各种修理费和经纪人的酬金，这些情况我确实不甚了了。他察看庄稼时发出的微笑很快使我怀疑到，我的土地的经营，并不像我原先想的那样好，也不像博加日对我说的那样好。我向夏尔盘根问底。这种实践的真知，由博加日表现出来就叫我气恼，由这个年轻人表现出来却令我开心。我们一连转了几天，土地很广阔，各个角落都探察遍了之后，我们更加有条理地从头开始。夏尔看到一些田地耕种得很糟，一些场地堆满了染料木、蓟草和散发酸味的饲草，丝毫也不向我掩饰他的气愤。他使我跟他一起痛恨这种随意撂荒土地的做法，跟他一起向往更加合理的耕作。

“不过，”开头我对他说，“经营不好，谁吃亏呢？不是佃户自己吗？农场的收成可好可坏，但是并不改变租金呀。”

夏尔有点儿急了：“您一窍不通。”他无所顾忌地答道，说得我微微一笑。“您呀，只考虑收入，却不愿意睁开眼睛瞧瞧资产逐渐毁坏。您的土地耕种得不好，就会慢慢失掉价值。”

“如果能耕种得好些，收获大些，我看佃户未必不肯卖力干。我知道他们很重利，当然是多多益善。”

“您这种算法，没有计入增加的劳动力。”夏尔继续说，“这种田离农舍往往很远，种了也不会有什么收益，但起码不至于荒芜了。”

谈话继续。有时候，我们在田地里信步走一个钟头，仿佛一再

“你怎么驯它？”

“到时候瞧吧。”

次日，夏尔把马驹子牵到草场一隅，上面有一棵高大的核桃树遮阴，旁边溪水流淌。我带玛丝琳去看了，留下了极为鲜明的印象。夏尔用几米长的缰绳把马驹子拴在一根牢固的木桩上。马驹子非常暴躁，刚才似乎狂蹦乱跳了一阵，这会儿疲惫了，也老实了，只是转圈小跑，步伐更加平稳，轻快得令人惊奇，那姿势十分好看，像舞蹈一样迷人。夏尔站在圈子中心，马每跑一圈，他就腾地一跃，躲过缰绳。他吆喝着，时而叫马快跑，时而叫马减速。他手中举着一根长鞭，但是我没有见他使用。他年轻快活，无论神态和举止，都给这件活儿增添了热烈的气氛。我还没看清怎么回事，他却猝然跨到马上。马慢下来，最后停住。他轻轻地抚摩马，继而，我突然看见他在马上笑着，显得那么自信，只是抓住一点儿鬃毛，俯下身去抚摩。马驹子仅仅尥了两个蹶子，重又平稳地跑起来，真是英姿飒爽。我非常羡慕夏尔，并且把这想法告诉了他。

“再驯几天，马对鞍具就习惯了。过半个月，它会变得像羊羔一样温驯，就连夫人也敢骑上。”

他的话不假，几天之后，马驹子就毫无疑虑地让人抚摩、备鞍，让人遛了。玛丝琳的身体若是顶得住，也可以骑上了。

“先生应当骑上试试。”夏尔对我说。

若是一个人，说什么我也不干，但是，夏尔还提出他骑农场的另外一匹马。于是，我来了兴致，要陪他骑马。

我真感激我母亲！在我童年时，她就带我上过骑马场。初学骑马的久远记忆还有助于我。我骑上马，并不感到特别吃惊。不大工夫，我就全然不怕，姿势也放松了。夏尔骑的那匹马不是良种，要笨重一些，但是并不难看。我们每天骑马出去遛遛，渐渐成了习惯。我们喜欢一大早出发，骑马在朝露晶莹的草地上飞奔，一直跑到树林边缘。榛子湿漉漉的，骑马经过时摇晃起来，将我们打湿。视野豁然开朗，已经到了宽阔的欧日山谷。极目远眺，大海微茫，只见旭日染红并驱散晨雾。我们身不离鞍，停留片刻，便掉转马头，奔驰而归，到古堡农场又流连多时。工人刚刚开始干活，我们抢在前头并俯视他们，心里感到自豪。然后，我们突然离开。我回到莫里尼埃尔，正赶上玛丝琳起床。

我吸饱了新鲜空气，跑马回来，四肢有点儿疲顿僵麻，心情醉醺醺的，头脑晕乎乎的，但觉得痛快淋漓，精力充沛，渴望工作。玛丝琳赞同并鼓励我这种偶发的兴致。我回来衣服未换就去看她，带去一身潮湿的草木叶子的气味。她因等我而迟迟未起床，她说她很喜欢这种气味。于是，我向她讲述我们策马飞驰、大地睡醒、劳作重新开始的种种情景。她体会我的生活，好像跟她自己的生活一样，感到由衷高兴。不久我就错误地估计了这种快活心情。我们跑马的时间渐渐延长，我常常将近中午才返回。

然而，下午和晚上的时间，我尽量用来备课。工作进展顺利，我挺满意，觉得对日后集讲义成书会有所帮助。可是，由于逆反心理的作用，一方面我的生活渐渐有了条理，有了节奏，我也乐于把身边的事务都安排得井井有条；而另一方面，我对哥特人古朴的伦理却越来越感兴趣。一方面我在讲课过程中，极力宣扬赞美这种缺乏文化的愚昧状态，那大胆的立论后来招致物议；而另一方面，我对周围乃至内心可能唤起这种状态的一切，即或不是完全排除，却也千方百计地控制。我这种明智，或者说这种悖谬，不是一发而不可收拾吗？

有两个佃户的租契到圣诞节就期满了，希望续订，要来找我办理。按照习惯，只要签署一份所谓的“土地租约”就行了。由于天天跟夏尔交谈，我心里有了底，态度坚决地等佃户上门；而佃户呢，也仗着换一个佃户并非易事，开头要求降低租金，不料听了我念的租约，惊得目瞪口呆。在我写好的租约里，我不仅拒绝降低租金，而且还要把我看见他们没有耕种的几块地收回来。开头他们装作打哈哈，说我开玩笑，几块地我留在手里干什么呢？这些地一钱不值，他们没有利用起来，就是因为根本派不了用场……接着，他们见我挺认真，便执意不肯，而我也同样坚持。他们以离开相威胁，以为会把我吓倒。哪知我就等他们这句话。“哦！要走就走吧！我并没有拦着你们。”我对他们说。我抓起租约，嚓的一声撕为两半。

这样一来，一百多公顷的土地就要窝在我的手里了。有一段时间，我已经计划由博加日全权经营，心想这就是间接地交给夏尔管理。我还打算自己保留相当一部分，况且这用不着怎么考虑：经营要冒风险，仅此一点就使我跃跃欲试。佃户要到圣诞节的时候才能搬走，在那之前，我们还有转圜的余地。我让夏尔要有思想准备，见他喜形于色，我立刻感到不快。他还不能掩饰喜悦的心情，这使我意识到他过分年轻。时间已相当紧迫，这正是第一茬庄稼收割完毕，土地空出来初耕的季节。按照老规矩，新老佃户的活计交错进行，租约期满的佃户收完一块地，就交出一块地。我担心被辞退的佃户蓄意报复，采取敌对态度，而情况却相反，他们宁愿对我装出一副笑脸（后来我才知道，他们这样做有利可图）。我趁机从早到晚都出门，去察看不久便要收回来的土地。时已孟秋，必须多雇些人加速犁地播种。我们已经购买了钉齿耙、镇压器、犁铧。我骑马巡视监督并指挥人们干活，过起发号施令的瘾。

在此期间，佃户正在毗邻草场的地方收苹果。苹果这年空前大丰收，纷纷滚落到厚厚的草地上。人手根本不够，从邻村来了一些，雇用一周。我和夏尔手发痒，常常帮他们干。有的人用长棍敲打树枝，打落晚熟的苹果；熟透的自落果单放，它们掉在高高的草丛中，不少摔伤碰裂。到处是苹果，一迈步就踩上。一股酸溜溜、甜丝丝的气味，同翻耕的泥土气味混杂起来。

秋意渐浓。最后几个晴天的早晨最凉爽，也最明净。有时，潮湿的大气使天际变蓝，退得更远。散步就像旅行一般，方圆仿佛扩大了。有时则相反，大气异常透明，天际显得近在咫尺，似乎一鼓翅就到了。我说不清这两种天气哪一种更令人情意缠绵。我基本备完课了，至少我是这样讲的，以便更理直气壮地撂下。我不去农场的时候，就守在玛丝琳身边。我们一同到花园里，缓步走走，她则沉重而倦慵地倚在我的胳膊上。走累了就坐到一张椅子上，俯视被晚霞照得通明的小山谷。她偎依在我肩头上的姿势十分温柔，我们就这样不动也不讲话，一直待到黄昏，体味着一天的时光融入我们身体里的感觉。

犹如一阵微风时而吹皱极为平静的水面，她内心最细微的波动也能在额头上显示出来。她神秘地谛听着体内一个新生命在颤动。我俯向她，如同俯向一泓清水，无论往水下看多深，也只能见到爱情。唉！倘若追求的还是幸福，相信我即刻就要拢住，就像用双手徒劳地捧流水一样。然而，我已经感到幸福的旁边，还有不同于幸福的东西，它把我的爱情点染得色彩斑斓，就像点染秋天那样。

秋意渐浓。青草每天都被露水打得更湿，长在树木背阴处的再也干不了，在熹微的晨光中变成白色。水塘里的野凫乱鼓翅膀，发狂般躁动，有时成群飞起来，嘎嘎喧嚣，在莫里尼埃尔上空盘旋一周。一天早上，它们不见了，因为已经被博加日关起来了。夏尔告诉我，每年秋天迁徙的时节，就会把它们关起来。几天之后，天气骤变。一天晚上，突然刮起大风，那是大海的气息，集中而猛烈，送来北风和雨，吹走候鸟。玛丝琳的身孕、新居的安排和备课的考虑，都催促我们回城。坏天气的季节来得太早，将我们赶走了。

后来到十一月份，我因为农场的活儿倒是回去过一次。我听了博加日对冬季的安排很不高兴。他向我表示要打发夏尔回模范农场，那里还有很多东西可学。我同他谈了好久，找出种种理由，磨破了嘴皮，也没有说动他。顶多他答应让夏尔缩短一点儿学习时间，稍微早些回来。博加日也不向我掩饰他的想法：经营这两个农场相当费力，不过，他已经看中两个非常可靠的农民，打算雇来当帮手。他们就算作付租金佃户，算作分成制佃农，算作仆人。这种情况当地从未有过，不是什么好兆头，但是他又说，是我要这样干的。——这场谈话是在十月底进行的。十一月初我们就回巴黎了。

二

我们的家安在帕西附近的S街。房子是玛丝琳的一位哥哥给我的，我们上次路过巴黎时看过，比我父亲给我留下的那套房子大多了。玛丝琳有些担心，不单房租高，各种花销也要随之增加。我假装极为厌恶流寓生活，以打消她的种种顾虑，我自己也极力相信并有意夸大这种厌恶情绪。新安家要花不少钱，这年会入不敷出。不过，我们的收入已很可观，今后还会更可观。我把讲课费、出书稿酬都打进来，而且还把我的农场将来的收入打进来，因此，多少费用我也不怕，每次心里都想自己又多了一道羁縻，从而一笔勾销我所有感受到的，或者害怕在自身感受到的游荡癖。

最初几天，我们从早到晚出去采购物品。尽管玛丝琳的哥哥热心帮忙，后来代我们采购过几次，可是不久，玛丝琳还是感到疲惫不堪。本来她需要休息，哪知家刚刚安置好，紧接着她又不得不连续接待客人——由于我们一直出游在外，这次安了家来人特别多。玛丝琳久不与人交往，既不善于缩短客访时间，又不敢杜门谢客。

一到晚上，我就发现她精疲力竭。我即使不用担心她因身孕而感到的疲倦，起码也要想法使她少受点累，便经常替她接待客人，有时也替她回访。我觉得接待没意思，回访更乏味。

我向来不善言谈，向来不喜欢沙龙里的侈谈与风趣。然而从前，我却经常出入一些沙龙，但是那段时间已很遥远了。这期间发生了什么变化呢？我跟别人在一起感到无聊、烦闷又气恼，不仅自己拘束，也使别人拘束。那时我就把你们看作我唯一真正的朋友，可是偏偏不巧，你们都不在巴黎，而且一时还回不来。当时就是对你们，我会谈得好些吗？也许你们理解我比我自己还要深吧。然而，在我身上滋生的，如今我对你们讲的这一切，当时我又知道多少呢？在我看来，前途十分牢稳，我从来没有像那样掌握未来。

当时即使我有洞察力，可是在于贝尔、迪迪埃和莫里斯身上，在许许多多别的人身上，我又能找到什么高招对付我自己呢！对这些人，你们了解，看法也跟我一样。唉！我很快就看出，跟他们谈话如同对牛弹琴。我刚刚同他们交谈几次，就感到他们给我造成的无形压力，我不得不扮演一个虚伪的角色，不得不装成他们认为我依然保持的样子，否则就会显得矫揉造作。为了相处方便，我就假装具有他们硬派给我的思想与情趣。一个人不可能既坦率，又显得坦率。

我倒愿意重新见见考古学家、语文学家这一圈子人。不过跟他们一交谈，也兴味索然，无异于翻阅好的历史字典。起初，我对几个小说家和诗人还抱有希望，认为他们多少能直接了解生活。然而，他们即便了解，也必须承认他们不大表现出来。他们多数人似乎根本不食人间烟火，只摆出活在世上的姿态，差一点点就觉得生活妨碍写作，令人恼火了。不过，我也不能谴责他们，我难于断定不是自己错了……再说，我所谓的生活，又是什么呢？——这正是我盼望别人给我指点迷津的。——大家都谈论生活中的事件，但绝口不提那些事件的原因。

至于几个哲学家，训迪我本来是他们的本分，可是我早就清楚能从他们那里得到什么教诲。数学家也好，新批评主义者也罢，都尽量远远避开动荡不安的现实。他们无视现实，就像几何学家无视他们测量的大量物品的存在一样。

我回到玛丝琳的身边，丝毫也不掩饰这些拜访给我造成的烦恼。

“他们都一模一样，”我对她说，“每个人都扮演双重角色。我跟他们之中一人讲话的时候，就好像在跟许多人讲话。”

“可是，我的朋友，”玛丝琳答道，“您总不能要求每个人都跟其他所有人不同。”

“他们相互越相似，就越跟我不同。”

继而，我更加怅然地又说：

“谁也不知道自己有病。他们生活，徒有生活的样子，却不知道自己在生活。况且，我也一样，自从和他们来往后，我不再生活了。日复一日，今天我干什么了呢？恐怕九点钟前就离开了您，走之前，我只有片刻时间看看书，这是一天里唯一的良辰。您哥哥在公证人那里等我，告别公证人，他没有放手，又拉我去地毯商店。在高级木器商店里，我感到他碍手碍脚，但是到了加斯东那里才同他分手。我同菲利浦在那条街的餐馆吃过午饭，又去找在咖啡馆等候我的路易，同他一起听了泰奥多尔的荒谬的讲课。出门时，我还恭维泰奥多尔一通，为了谢绝他星期天的邀请，只好陪他去亚瑟家。于是，又跟亚瑟去看水彩画展，再到阿贝尔蒂娜家和朱莉家投了名片。我已精疲力竭，回来一看，您跟我一样累，接待了阿德莉娜、玛尔特、雅娜和索菲娅。现在一到晚上，我就回顾一天的所作所为，感到一天光阴蹉跎过去，只留下一片空白，真想抓回来，再一小时一小时重新度过，心里愁苦得几欲落泪。”

然而，我却说不出我所理解的生活是什么，说不出我喜欢天地宽些、空气新鲜的生活，喜欢少受别人限制、少为别人操心的生活，其秘密是不是单单在于我的拘束之感。我觉得这一秘密奇妙难解，心想好比死而复活之人的秘密，因为我在其他人中间成了陌生人，仿佛是从阴曹地府里回来的人。起初，我的心情痛苦而惶惑，然而不久，又产生一种崭新的意识。老实说，在我的受到广泛称誉的研究成果发表的时候，我没有丝毫得意的感觉。现在看来，那恐怕是骄傲心理吧？也许是吧，不过至少没有掺杂一丝的虚荣心。那是我第一次意识到自己的价值：把我同世人分开、区别开的东西，至关重要；除我之外，没有任何人讲也讲不出来的东西，正是我要讲的。

不久我就登台授课了。我受讲题的激发，在第一课中倾注了全部簇新的热情。我谈起发展到绝顶的拉丁文明，描述那无愧于人民的文化艺术，说这种文化宛如分泌过程，开头显示了多血质和过分旺盛的精力，继而便凝固、僵化，阻止思想同大自然任何珠联璧合的接触，以表面的持久的生机掩盖生命力的衰退，形成一个套子，思想禁锢在里面就要松弛，很快萎缩，以至衰竭。最后，我彻底阐明自己的观点，断言这种文化来源于生活，又扼杀生活。

历史学家指责我的推断概括失之仓促，还有的人讥弹我的方法；而那些赞扬我的人，又恰恰是最不理解我的人。

我是讲完课出来，头一次同梅纳尔克重新见面的。我同他向来交往不多，在我结婚前不久，他又出门了，他去进行这类考察研究，往往要和我们睽隔一年多。从前我不大喜欢他，他好像挺傲气，对我的生活也不感兴趣。这次见他来听我的第一讲，我不禁感到十分意外。他那放肆的神态，我乍一见敬而远之，但是挺喜欢。他冲我微笑的样子，让人感到善气迎人，十分难得。当时有一场荒唐而可耻的官司闹得满城风雨，报纸乘机大肆诋毁他，那些被他的恃才傲物、目无下尘的态度刺伤了的人，也都纷纷借机报复。而令他们大为恼火的是，他好像不为所动，处之泰然。

“何苦呢，就让他们有道理好了，既然他们没有别的东西，只能以此安慰自己。”他就是这样回答别人的谩骂。

然而，“上流社会”却义愤填膺，那些所谓“互相敬重”的人认为必须以蔑视回敬，他们把他视作同路人。这又是一层原因：我似乎受到一种秘密力量的吸引，在众目睽睽之下，走上前去，同他友好地拥抱。

看到我在同什么人说话，最后几个不知趣的人也走了，只剩下我和梅纳尔克。

刚才受到情绪激烈的批评和无关痛痒的恭维，现在只听他对我的讲课评论几句，我的心情就宁帖了。

“您把原先珍视的东西付之一炬，”他说道，“这很好。只是您这一步走晚了点儿，不过，火力也因而更加猛烈。我还不清楚是否抓住了您的要领。您这人真令我惊讶。我不好同人聊天，但是希望跟您谈谈。今天晚上赏光，同我一起吃饭吧。”

“亲爱的梅纳尔克，”我答道，“您好像忘记我有了家室。”

“哦，真的，”他又说道，“看到您敢于上前跟我搭话，态度那么热情坦率，我还以为您自由得多呢。”

我怕伤了他的面子，更怕自己显得软弱，便对他说，我晚饭后去找他。

梅纳尔克到巴黎总是暂时客居，在旅馆下榻。即便如此，他也让人整理出好几个房间，安排成一套房子的规模。他有几个仆人侍候，单独吃饭，单独生活。他嫌墙壁和家具俗气丑陋，就把他从尼泊尔带回来的几块布挂上去，他说等布挂脏了好赠送给哪家博物馆。我过分急于见他，进门时见他还在吃饭，便连声叨扰。

“不过，我还不想就此结束，想必您会容我把饭吃完。您若是到这儿吃晚饭，我就会请您喝希拉兹酒，这是哈菲兹歌颂过的佳酿。可现在太迟了，这种酒宜空腹喝。您至少喝点别的酒吧？”我同意了，心想他准会陪我喝一杯，却见他只拿一只杯子，不免奇怪。

“请原谅，我几乎从来不喝酒。”他说道。

“您怕喝醉了吗？”

“嗳！恰恰相反！”他答道，“在我看来，滴酒不沾，才是酩酊大醉。我在沉醉中保持清醒。”

“而您却给别人斟酒。”

他微微一笑。

“我总不能要求人人具备我的品德。在他们身上发现我的邪癖，就已经不错了。”

“起码您还吸烟吧？”

“烟也不大吸。这是一种缺乏个性的消极的醉意，极容易达到。我在沉醉中寻求的是生活的激发，而不是生活的缩减。不谈这个了。您知道我是从哪儿来的吗？比斯克拉。我听说您不久前到过那里，就想去寻觅您的踪迹。这个盲目的学者，这个书呆子，他到比斯克拉干什么去啦？我有一种习惯，只有别人告诉我的事情，我听完后，不再探究；而对我自己要了解的事情，老实说，我的好奇心没有止境。因此，凡是能去的地方，我都去寻觅、搜索、调查过了。我的冒失行为还真有用，正是这种行为使我产生了再同您晤面的愿望，而且我知道现在要见的，不是我从前所见的那个墨守成规的老夫子，而是……是什么，这要由您来向我说明。”

我感到自己的脸涨红了。

“您了解到我什么情况了，梅纳尔克？”

“您想知道吗？不过，您不必担心呀！您了解您的朋友和我的朋友，知道我不可能对任何人谈论您。您也瞧见了您讲的课是否为人理解！”

“然而，”我略微不耐烦地说，“还没有任何迹象表明我与您可以深谈。好了！您究竟打听到我什么情况了？”

“首先，听说您得了一场病。”

“哦，这情况毫无……”

“嗳！这情况就已经很重要了。还听说您好独自一人出去，不带书（从这儿我开始佩服您了），或者，您不是独自一人出去的时候，更愿意让孩子而不是让尊夫人陪同。不要脸红呀，否则我就不讲下去了。”

“您讲吧，不要看我。”

“有一个孩子，如果我记得不错的话，他叫莫克蒂尔，长得没有那么俊，又好偷，又好骗。我看出他能提供很多情况，便把他笼络住，收买他的信任，您知道这并不容易，因为，我认为他一边说不再撒谎，一边还在撒谎。他对我讲的有关您的事，您告诉我是不是真的。”

这时，梅纳尔克已经起身，从一个抽屉里拿出一个小匣子，把它打开。

“这把剪刀是您的吧？”他问道，同时递给我一样锈迹斑斑、又尖又弯、形状很怪的东西。然而，我没有怎么费劲就认出正是莫克蒂尔从我那偷走的小剪刀。

“对，是我的，这正是我妻子原来的剪刀。”

“他说是趁您回过头去的工夫拿走的，那天房间里只有你们两个人。不过，有趣的还不在这儿。他说他把剪刀藏进斗篷的当儿，就明白了您在镜子里监视他，而且瞥见了您映在镜子里的窥察的眼神。您目睹他偷了东西，却绝口不提！对您这种缄默，莫克蒂尔感到非常意外……我也一样。”

“听了您讲的，我也深感意外——他居然知道我瞧见啦！”

“这还不是最重要的。您想比一比谁狡猾，在这方面，那些孩子总能把我们耍了。您以为逮住了他，殊不知他却逮住了您……这还不是最重要的。请向我解释一下，您为什么保持沉默。”

“我还希望别人给我解释呢。”

我们静默了半晌。梅纳尔克在屋里踱来踱去，漫不经心地点燃一支烟，随即又扔掉。

“事情在于‘一种意识’。”他又说道，“正如别人所说的‘意识’，而您好像缺乏，亲爱的米歇尔。”

“‘道德意识’，也许是吧。”我勉强一笑，说道。

“嗳！不过是所有权的意识。”

“我看您自己的这种意识也不强。”

“可以说微乎其微，您瞧，这里什么也不是我的。不提也罢，就连我睡觉的这张床也不属于我。我憎恶安逸，有了财物，就滋长这种思想，就会高枕无忧。我相当喜爱生活，因而要活得清醒。我正是以这种不稳定的情绪刺激，至少激发我的生活。我不能说我好冒险，但是我喜欢充满风险的生活，希望这种生活时刻要我付出全部勇气、全部幸福和整个健康的体魄。”

“既然如此，您责怪我什么呢？”我打断他的话。

“嗳！您完全误解了我的意思，亲爱的米歇尔。我试图表明自己的信念，这下又干了蠢事！……我不太理会别人赞同还是反对，所以也不愿以评判者自居。对我来说，这些词没有多大意义。刚才我谈自己太多了，越是急于被人理解越是适得其反……我只想对您讲，对一个缺乏所有权意识的人来说，您似乎很富有，这就严重了。”

“我富有什么呀？”

“什么也没有，既然您持这种口吻……不过，您不是开课了吗？您在诺曼底不是拥有土地吗？您不是来帕西安家，并且把家布置得相当豪华吗？您结了婚，不是盼个孩子吗？”

“就算是吧！”我不耐烦地说道，“然而，这仅仅证明我有意把自己的生活安排得——拿您的话说——比您的生活更‘危险’。”

“是啊，仅仅。”梅纳尔克讥诮地重复道，接着猛然转过身来，把手伸给我，“好了，再见吧。今天晚上就到此为止，再谈下去，也不会有什么名堂。改日见吧。”

有一段时间我没有再见到他。

我又忙于应付新的事务、新的思虑。一位意大利学者通知我，他把一批新资料公之于世，我为讲课用了很长时间研究了那些资料。感到头一讲没有被人正确领会，就更激起我的愿望，我要以不同方法更有力地阐明以下几讲。因此，我原先以巧妙的假说提出的观点，现在就要敷衍成学说。多少论证者的力量，就在于别人不理解他们用含蓄的话阐述的问题。至于我，老实说，我还不能分辨在必要的正常论证中，又有多少固执的成分。我要讲述的新东西越难讲，尤其越难讲明白，就越急于讲出来。

然而，跟行为一对照，话语变得多么苍白无力啊！生活、梅纳尔克的一举一动，不是比我讲的话雄辩千倍吗？我恍然大悟，古代贤哲近乎纯粹道德的教诲，总是言行并重，甚而行重于言！

上次晤面之后将近三周，我又在家里见到了梅纳尔克。他到的时候，正值一次人数众多的聚会的尾声。为了避免天天有人打扰，我和玛丝琳干脆每星期四晚上敞门招待，其他日子就好杜门谢客了。因此，每星期四，自称是我们朋友的人便纷纷登门。我们的客厅非常宽敞，能接待很多人，聚会延至深夜。如今想来，吸引他们的主要是玛丝琳的优雅，以及他们之间交谈的乐趣。至于我，从第二次晚会开始，就觉得听无可听，说无可说，难以掩饰烦闷的情绪。我遛来遛去，从吸烟室到客厅，又从前厅到书房，东听一句，西瞥一眼，无心观察他们干什么。

安托万、艾蒂安和戈德弗鲁瓦仰卧在我妻子的精巧的沙发椅上，在争论议会的最近一次投票。于贝尔和路易乱弄乱摸我父亲收藏的出色的铜版画。在吸烟室里，马蒂亚斯把点燃的雪茄放在香木桌上，以便更专心地听列奥纳尔高谈阔论。一杯柑香酒洒在地毯上。阿尔贝的一双泥脚肆无忌惮地搭在沙发床上，弄脏了罩布。人们呼吸着物品严重磨损带来的粉尘……我心头火起，真想把我的客人一个个全推出去。家具、罩布、铜版画，一旦染上污痕，在我看来就完全丧失价值。物品垢污，物品患疾，犹如死期已定。我很想独自占有，把这一切都封存起来。我不免思忖，梅纳尔克一无所有，该是多么幸福啊！而我呢，我正是苦于要珍惜收藏。其实，这一切对我又有什么要紧呢？

在灯光稍暗、由一面没有镀锡的镜子隔开的小客厅里，玛丝琳只接待几个密友。她半卧在靠垫上，脸色惨白，不胜劬劳。我见了陡然惊慌起来，心下决定这是最后一次接待客人了。时间已晚，我正要看表，忽然摸到放在我背心兜里的莫克蒂尔的那把小剪刀。

“这小家伙，既然偷了剪刀就弄坏，就毁掉，那他为什么要偷呢？”

这时，有人拍拍我的肩膀，我猛地回身，原来是梅纳尔克。

恐怕只有他一人穿着礼服。他刚刚到。他请我把他引见给我妻子，他不提出来，我绝不会主动引见。梅纳尔克仪表堂堂，相貌有几分英俊。已经灰白的浓胡髭垂向两侧，将那张海盗式的面孔截开；冷峻的眼神显出他刚毅果决有余，仁慈宽厚不足。他刚同玛丝琳一照面，我就看出玛丝琳不喜欢他。等他俩寒暄几句之后，我便拉他去吸烟室。

当天上午我就得知，殖民部长交给他一项新的使命。不少报纸发消息的同时，又回顾了他那充满艰险的生涯，溢美之言唯恐不足以颂扬，仿佛忘记了不久前还肆意毁谤他。报纸争相渲染他前几次勘察中的发现，对国家、对全人类所做的贡献，就好像他只为人道主义的目的效力，还称颂他吃苦耐劳，忠于职守，胆识过人，大有他专门追求这类赞誉的劲头。

我一上来也向他道贺，可是刚说两句就被他打断了。

“怎么！您也如此，亲爱的米歇尔，然而当初您可没有骂我呀。”他说道，“还是让报纸讲这些蠢话去吧。一个品行遭到非议的人，居然有几点长处，现今看来是咄咄怪事。我完全是一个整体，无法区分他们派在我身上的瑕瑜。我只求自然，不想装什么样子，每次行动所感到的乐趣，就是我应当从事的标志。”

“这样很可能有建树。”我对他说。

“我有这种信念。”梅纳尔克又说道，“唉！我们周围的人若是都相信这一点就好了。可是，大多数人却认为对他们自己只有强制，否则不会有任何出息。他们醉心于模仿。人人都要尽量不像自己，人人都挑个楷模来仿效，甚至并不选择，而是接受现成的楷模。然而我认为，人的身上还另有可观之处。他们却不敢，不敢翻过页面。模仿法则，我称作畏惧法则。怕自己孤立，根本找不到自我。我十分憎恶这种精神上的广场恐惧症，这是最大的怯懦。殊不知人总是独自进行发明创造的。不过，这里谁又立志发明呢？自身感到的不同于常人之处，恰恰是稀罕的，使其具有价值的东西。然而，人们却要千方百计地压抑，他们相互模仿，就这样还口口声声地说热爱生活。”

我由着梅纳尔克讲下去。他所说的，正是上个月我对玛丝琳讲过的话，我本来应当同意。然而，出于何等懦弱心理，我却打断他的话，一字不差地重复玛丝琳打断我时说的那句话：

“然而，亲爱的梅纳尔克，您总不能要求每个人都跟其他所有人不同。”

梅纳尔克戛然住声，样子奇怪地凝视我，接着，正巧欧塞贝跨上一步告辞，他就毫不客气地转身去同埃克托尔交谈了。

话刚一出口，我就觉得很蠢，尤其懊悔的是，梅纳尔克听了这话可能会认为，我感到被他的话刺痛了。夜深了，客人纷纷离去。等客厅里的人几乎走空了，梅纳尔克又朝我走来，对我说道：

“我不能就这样离开您。无疑我误解了您的话，至少让我存这种希望吧。”

“哪里，”我答道，“您并没有误解。我那话毫无意义，实在愚蠢，刚一出口我就懊悔莫及，尤其感到在您的心目中，我要被那话打入您刚刚谴责的那些人之列，而我可以明确地告诉您，我像您一样讨厌那类人，我憎恶所有循规蹈矩的人。”

“他们是人间最可鄙的东西，”梅纳尔克又笑道，“跟他们打交道，就别指望有丝毫的坦率，因为他们唯道德准则是从，否则就认为他们的行为不正当。我稍微一觉察您可能同那些人气味相投，就感到话语冻结在嘴唇上了。我当即产生的忧伤向我揭示，我对您的感情多么深笃。我就愿意是自己失误了，当然不是指我对您的感情，而是指我对您的判断。”

“的确，您判断错了。”

“哦！是这么回事吗？”他猛然抓住我的手，说道，“告诉您，不久我就要起程了，但是我还想跟您见见面。我这次远行，比前几次时间更长，风险更大，归期难以预料。再过半个月就动身，这里还无人知晓我的行期这么近，我只是私下告诉您。天一破晓就起行。不过，每次动身之前那一夜，我总是惶恐不安。向我证明您不是循规蹈矩的人吧。在那最后一夜，能指望您陪伴我吗？”

“在那之前，我们还会见面的嘛。”我颇感意外地说道。

“不会见面了。这半个月，我谁也不见了，甚至不在巴黎。明天，我去布达佩斯，六天之后，还要到罗马。那两个地方有我的友人，离开欧洲之前，我要去同他们话别。还有一个在马德里盼我去呢。”

“一言为定，我跟您一起度过那个夜晚。”

“好，我们可以饮希拉兹酒了。”梅纳尔克说道。

这次晚会过后几天，玛丝琳的身体开始不适。前面说过，她常常感到疲倦，但她忍着不哀怨，而我却以为这种倦怠是她有身孕的缘故，也就没有在意。起初请来一个老大夫，他不是糊涂，就是不谙病情，叫我们一百个放心。然而，看到玛丝琳总是心绪不宁，身体又发热，我就决定另请特××大夫，他是公认的医道最高明的专家。大夫奇怪为什么没有早些就医，并做出了严格的饮食规定，说患者前一阵就应当遵循了。玛丝琳太好强，不知将息，结果疲劳过度。在一月末分娩之前，她必须终日躺在帆布椅上。她完全服从极为难耐的医嘱，无疑是她颇为担心，身体比她承认的还要不舒服。她一直硬挺着，现在一种教徒式的服帖摧垮了她的意志，以致几天当中，她的病情便突然加重了。

我更加精心护理，并且拿特××的话极力安慰她，说大夫认为她身体没有任何严重的病状。然而，她那样忐忑不安，最后也使我惊慌失措了。啊！我寄寓希望的幸福，真好比幕上燕巢！未来毫无把握！当初我完全埋在故纸堆里，忽然一日，现实却令我心醉，哪知未来禳解了现实的魅力，甚于现实禳解往昔的魅力。自从我们在索伦托度过的那一良宵，我的全部爱、全部生命，就已经投射在前景上了。

话说到了我答应陪伴梅纳尔克的夜晚。整整一个冬夜要丢下玛丝琳，我虽然放心不下，但还是尽量让她理解这次约会和我的诺言非同儿戏，绝不能爽约失信。这天晚上，玛丝琳感觉好一些，不过我还是担心，一位女护士代替我守护她。然而一来到街上，我重又惴惴不安。我内心进行搏击，要驱除这种情绪，同时也恨自己无计摆脱。我的神经渐渐高度紧张，进入一种异常亢奋的状态，同造成这种状态的痛苦悬念既不同又相近，不过更接近于幸福感。时间不早了，我大步走去。大雪纷纷降落。我呼吸着凛冽的空气，迎斗严寒，迎斗风雪与黑夜，终于感到十分畅快。我在品味自己的勇力。

梅纳尔克听见我的脚步声，便迎到楼道。他颇为焦急地等候我，只见他脸色苍白，皮肉微微抽搐。他帮我脱下大衣，又逼我脱掉湿了的皮靴，换上软绵绵的波斯拖鞋。在炉火旁边的独脚圆桌上摆着各种糖果。室内点着两盏灯，但还没有炉火明亮。梅纳尔克首先询问玛丝琳的身体状况。我回答说她身体很好，一语带过。

“你们的孩子呢，快出世了吧？”他又问道。

“还有两个月。”

梅纳尔克朝炉火俯下身去，仿佛要遮住他的面孔。他沉默下来，久久不语，弄得我有些尴尬，一时不知道说什么好。我起身走了几步，继而走到他跟前，把手搭在他的肩膀上。于是，他仿佛顺着自己的思路，自言自语地说：

“必须抉择。关键是弄清自己的心愿。”

“唔！您不是要动身吗？”我问道，心里摸不准他的话的意思。

“也许吧。”

“难道您还犹豫吗？”

“何必问呢？您有妻子孩子，就留下吧。生活有千百种形式，每人只能经历一种。艳羡别人的幸福，那是想入非非，即便得到也不会享那个福。现成的幸福要不得，应当逐步获取。明天我就要起程了。我明白，我是按照自己的身材裁制这种幸福。您就守住家庭的这种平静的幸福吧。”

“我也是按照自己的身材裁制幸福的。”我高声说道，“不过，我个子又长高了。现在，我的幸福紧紧箍住我，有时候，勒得我几乎喘不上来气儿！”

“哦！您会习惯的！”梅纳尔克说道。接着，他站在我面前，直视我的眼睛，看到我无言以对，便辛酸地微微一哂，又说道：“人总以为占有，殊不知反被占有。”

“斟希拉兹酒吧，亲爱的米歇尔，您不会经常喝到的。吃点这种粉红色果酱，这是波斯人的下酒菜。今天晚上，我要和您交杯换盏，忘记明天我起行之事，随便聊聊，就当这一夜十分漫长。如今诗歌，尤其哲学，为什么变成了死字空文，您知道吗？就是因为诗歌哲学脱离了生活。古希腊直截了当地把生活理想化，所以艺术家的生活本身就是一部诗篇，哲学家的生活就是本人哲学的实践。同样，诗歌和哲学参与了生活，相互不再隔绝不解，而是哲学滋养着诗歌，诗歌抒发着哲学，两者相得益彰，具有振聋发聩的力量。然而，如今美不再起作用，行为也不再考虑美不美，明智却独来独往。”

“您的生活充满了智慧。”我说道，“何不写回忆录呢？——再不然，”我见他微微一笑，便补充说，“就只记述您的旅行不好吗？”

“因为我不喜欢回忆。”他答道，“我认为那样会阻碍未来的到达，并且让过去侵入。我是在完全忘却昨天的前提下，才重新打造每时每刻。曾经幸福，绝不能使我满足。我不相信死去的东西，总把不再存在和从未有过两种情况混为一谈。”

这番话大大超越了我的思想，终于把我激怒了。我很想往后拉，拉住他，然而我绞尽脑汁，也想不出反驳他的话。况且，与其说生梅纳尔克的气，还不如说生我自己的气。于是，我默然不语。梅纳尔克则忽而踱来踱去，宛似笼中的猛兽，忽而俯向炉火，忽而沉默良久，忽而又开口说道：

“哪怕我们贫乏的头脑善于保存记忆也好哇！可是偏偏保存不善，最精美的变质了，最香艳的腐烂了，最甜蜜的后来变成最危险的了。追悔的东西，当初往往是甜蜜的。”

重又长时间静默，然后他说道：

“遗憾、懊恼、追悔，这些都是从背后看去的昔日欢乐。我不喜欢向后看，总把自己的过去远远甩掉，犹如鸟儿振翅飞翔离开自己的身影。啊！米歇尔，任何快乐都时刻等候我们，但总是要找到空巢，要独占，要独身的人去会它。啊！米歇尔，任何快乐都好比日渐腐烂的荒野，又好比阿梅莱斯神泉水，根据柏拉图的记载，任何瓦罐也装不了这种神泉水。让每一时刻都带走它送来的一切吧。”

梅纳尔克还谈了很久，我在这里不能把他的话一一复述出来。许多话都刻在我的脑海里，我越是想尽快忘却，就越是铭记不忘。这并不是因为我觉得这些话有什么新意，而是因为它们陡然剥露了我的思想，须知我用多少层幕布遮掩，几乎以为早已把这种思想扼杀了。一宵就这样流逝。

到了清晨，我把梅纳尔克送上火车，挥手告别之后，踽踽独行，准备回到玛丝琳的身边，一路上情绪沮丧，恨梅纳尔克寡廉鲜耻的快乐。我希望这种快乐是装出来的，并极力否认。可恼的是自己无言以对，可恼的是自己回答的几句话，反而会使他怀疑我的幸福与爱情。我牢牢抓住我这毫无把握的幸福，拿梅纳尔克的话说，牢牢抓住我的“平静的幸福”。唉！我无法排除忧虑，却又故意把这忧虑当成我的爱情的食粮。我探望将来，已经看见我的小孩冲我微笑了。为了孩子，我的道德现在重新形成并加强。我步履坚定地朝前走去。

唉！这天早晨，我回到家，刚进前厅，只见异常混乱，不禁大吃一惊。女护士迎上来，用词委婉地告诉我，昨天夜里，我妻子突然感到特别难受，继而剧烈疼痛，尽管算来她还没到预产期。由于感觉不好，她就派人去请大夫。大夫虽然连夜赶到，但是现在还没有离开病人。接着，想必看到我面如土色，女护士就想安慰我，说现在情况已经好转，而且……我冲向玛丝琳的卧室。

房间很暗，乍一进去，我只看清打手势叫我肃静的大夫，接着看见昏暗中有一张陌生的面孔。我惶恐不安，蹑手蹑脚地走到床前。玛丝琳紧闭双目，脸色惨白，乍一看我还以为她死了。不过，她虽然没有睁开眼睛，却向我转过头来。那个陌生人在昏暗的角落里收拾并藏起几样物品，我看见有发亮的仪器、药棉，还看见，我以为看见一块满是血污的床单……我感到身子摇晃起来，倒向大夫，被他扶住了。我明白了，可又害怕明白。

“孩子呢？”我惶恐地问道。

大夫惨然地耸了耸肩膀。——我一时蒙了，扑倒在病榻上，失声痛哭。噢！猝然而至的未来！我脚下忽地塌陷，前面唯有空洞，我在里面踉跄而行。

这段时间，记忆一片模糊。不过，最初，玛丝琳的身体似乎恢复得挺快。年初放假，我有点儿闲暇时间，几乎终日陪伴她。我在她身边看书，写东西，或者轻声给她念。每次出去，准给她带回来鲜花。记得我患病时，她尽心护理，十分体贴温柔，这次我也以深挚的爱对待她，因此她时常微笑起来，显得心情很舒畅。我们只字不提毁掉我们希望的那件惨事。

不久，玛丝琳得了静脉炎，炎症刚缓和，血管栓塞又突发，她生命垂危。那是在深夜，还记得我俯身凝视她，感到自己的心脏随着她的心脏停止或重新跳动。我定睛看着她，希望以强烈的爱向她注入一点儿我的生命，我像这样守护了她多少夜晚啊！当时我自然不大考虑幸福了，但是，能时常看到她的笑容，却是我忧伤中的唯一快慰。

我重又讲课了。哪儿来的力量备课讲授呢？记忆已经消泯，我也说不清一周一周是如何度过的。不过有一件小事，我要向你们叙述：

那是玛丝琳血管栓塞突发之后不久的一天上午，我守在她的身边，看她似乎见好，但是遵照医嘱，她必须静卧，甚至连胳膊也不能动一下。我俯身喂她水喝，等她喝完仍未离开，这时，她用目光暗示我打开一个匣子，然而由于言语障碍，说话的声音极其微弱。匣子就放在桌子上，我打开了，只见里面装满了带子、布片和毫无价值的小首饰。她要什么呢？我把匣子拿到床前，把东西一样一样捡出来给她看。“是这个吗？是那个吗？……”都不是，还没有找到。我觉察出她有些急躁。——“哦！玛丝琳！你是要这小念珠啊！”她强颜微微一笑。

“难道你担心我不能很好护理你吗？”

“嗳！我的朋友！”她轻声说道。——我当即想起我们在比斯克拉的谈话，想起她听到我拒绝她所说的“上帝的救援”时畏怯的责备。我语气稍微生硬地又说道：

“我完全是靠自己治好的。”

“我为你祈祷过多少回啊。”她答道，声音哀伤而轻柔。我见她眼睛里流露出一种祈求的不安的神色，便拿起小念珠，搭在她那只歇在胸前床单上的无力的手中，赢得了她那充满爱的泪眼的一瞥，却不知道如何回答。我又待了一会儿，颇不自在，有点儿手足无措，终于忍耐不住了，对她说道：

“我出去一下。”

说着我离开怀有敌意的房间，仿佛被人赶出来似的。

那期间，血管栓塞引起了严重的紊乱，心脏掷出的血块使肺堵塞，负担加重，呼吸困难，她发出咝咝的喘息声。病魔已经进驻玛丝琳的体内，症状日渐明显。她病入膏肓了。

三

季节渐渐宜人。课程一结束，我就带玛丝琳去莫里尼埃尔，因为大夫说危险期已过，她若想痊愈，最好到空气新鲜的地方去休养。我本人也特别需要休息。我几乎每天都坚持守夜，始终提心吊胆，尤其是玛丝琳栓塞发作期间，我对她产生了一种血肉相连的怜悯，对她的心脏的狂跳感同身受，结果我被弄得精疲力竭，也好像大病了一场。

我很想带玛丝琳去山区，但是，她向我表示渴望回诺曼底，称说那里的气候对她最适宜，还提醒我应该去瞧瞧那两座农场，谁让我有点儿轻率地包揽下来了。她极力劝说，我既然承担了责任，就必须搞好。我们刚刚到达那里，她就催促我去视察土地……我说不清在她那热情的执意态度中，是不是有很大的舍己为人的成分。她是怕我若不如此，就会以为自己被拖在她身边照顾她，从而产生不够自由之感……玛丝琳的病情也确有好转，面颊开始红润了。看到她的笑容不那么凄然了，我觉得无比欣慰。我可以放心地出去了。

就这样，我回到农场。当时正割第一茬饲草。空气中飘着花粉与清香，犹如醇酒，一下子把我灌醉。仿佛自去年以来，我就再也没有呼吸，或者只吸些尘埃，现在畅吸着甜丝丝的空气，多么沁人心脾。我醉倒一般坐在坡地上，俯视莫里尼埃尔，望见它的蓝色房顶、池塘的如镜水面；周围的田地有的收割完了，有的还青草萋萋；再远处是树林，去年秋天我和夏尔骑马就是去那里游玩。歌声传入我的耳畔已有一阵工夫，现在又越来越近了，那是肩扛杈或耙子的饲草翻晒工唱的。我几乎一个个都认出来了。实在扫兴，他们使我想起了自己在那儿是主人，而不是流连忘返的游客。我迎上去，冲他们微笑，跟他们交谈，仔细询问每个人的情况。当天上午，博加日就向我汇报了庄稼的长势，而且在此之前，他还定期写信，不断让我了解农场发生的各种细事。看来经营得不错，比他当初向我估计的好得多。然而，有几件重要事情还等我拍板。几天来，我尽心管理一切事务，虽无兴致，但总可以装出忙碌的样子，以打发我的无聊日子。

一等玛丝琳的身体好起来，几位朋友便来做客了。这一圈子人既亲密又不喧闹，深得玛丝琳的欢心，也使我出门更加方便了。我还是喜欢农场的人，觉得与他们为伍会有所收益，这倒不在于总是向他们打听，我在他们身边所感到的快乐难以言传，仿佛我是通过他们来感受的。仅仅看到这些穷光蛋，我就产生一种持久的新奇感，然而，不待我们的朋友开口，我就已经熟悉了他们谈论的内容。

如果说起初他们回答我的询问时，态度比我还要傲慢，那么时过不久，他们跟我就熟了些。我总是尽量同他们多接触，不仅跟他们到田间地头，还去游艺场所看他们。我对他们的迟钝思想不大感兴趣，主要是看他们吃饭，听他们说笑，满怀深情地观察他们的欢乐。说起类似某种感应，就像玛丝琳心跳引起我心跳的那种感觉，即对他人的每一种感觉都立刻产生共鸣。这种共鸣不是模糊的，而是既清晰又强烈的。我的胳臂感到割草工的酸痛，我看见他们疲劳，自己也疲劳；看见他们喝苹果酒，自己也觉得解渴，觉得酒流入喉。有一天，他们磨刀时，一个人拇指深深割了一道口子，而我却有痛彻骨髓之感。

我观察景物似乎不单单依靠视觉，还依靠某种接触来感受，而这种接触也因奇异的感应而无限扩大了。

博加日一来，我就有些不自在，不得不端起主子的架子，实在乏味。当然，我该指挥还是指挥，不过是按照我的方式指挥雇工。我不再骑马了，怕在他们面前显得高高在上。为了使他们跟我在一起时不再介意，不再拘谨，我尽管小心翼翼，但还是像以往那样，总想探听人家的隐私。我总觉得他们每人的生活都是神秘莫测的，有一部分被隐蔽起来。我不在场的时候，他们干些什么呢？我不相信他们没有别的消遣，推定他们每人都有秘密，因而非要探个究竟不可。我到处转悠，跟踪盯梢，尤其爱缠着性情最粗鲁的人，仿佛期待他们的昏昧能放出光来启迪我。

有一个人格外吸引我。他长得不错，高高个头，一点儿不蠢，但是就好随心所欲，行事唐突，全凭一时的冲动。他不是本地人，偶然被农场雇用，卖劲干两天活，第三天就喝得烂醉如泥。一天夜里，我悄悄地去仓房看他，只见他醉卧在草堆里，睡得死死的。我凝视他多久啊！……真是来去无踪，突然有一天他走了。我很想知道他的去向。当天晚上听说是博加日把他辞退的，我十分恼火，便派人把博加日叫来。

“好像是您把皮埃尔辞退了。”我劈头说道，“请问为什么？”我竭力控制恼怒的情绪，但他听了还是愣了一下：

“先生总不会留用一个醉鬼吧，他是害群之马，把最好的雇工都给带坏了。”

“我想留用什么人，比您清楚。”

“那是个流浪汉啊！甚至不知道他是从哪儿来的。这种人到此地来不会有好事，等哪天夜里，他放火把仓房烧掉，也许先生就高兴了。”

“不管怎么说，这是我的事情，农场总归还是我的吧，我乐意怎么经营，就怎么经营。今后，您要开掉什么人，请事先告诉我缘故。”

前面说过，博加日是看着我长大的，非常喜爱我，不管我说话的口气多么刺耳，他也不会大动肝火，甚至不怎么当真。诺曼底农民就是这种秉性，对于不了解动机的事情，即对于同切身利益无关的事情，他们往往不相信。博加日只把我的责言看作一时的怪念头。

然而，我申斥了一通，不能就此结束谈话，觉得自己言辞未免太激烈，便想找点别的话头。

“您儿子夏尔大概快回来了吧？”我沉吟片刻，终于问道。

“我看到先生根本没把他放在心上，还以为您早把他忘记了呢。”博加日还有点儿负气地答道。

“我，把他忘记，博加日！怎么可能呢？去年我们相互配合得多好啊！农场的事务，在很大程度上我还要依靠他呢。”

“先生待人的确仁厚，再过一星期，夏尔就回来了。”

“那好，博加日，我真高兴。”我这才让他退下了。

博加日说中了八九分，我固然没有把夏尔置于脑后，但是也不再把他放在心上了。原先跟他那么亲热，现在对他却兴味索然，这该如何解释呢？看来，我的心思与情趣大异于去年了。老实说，我对两座农场的兴趣，已不如对雇工的兴趣那么浓了。我要同他们交往，夏尔不离左右就会碍手碍脚。因此，尽管一想起他来，往日的激动情怀又在我心中苏醒，但是看到他的归期渐近，我不禁有些担心。

他回来了。啊！我担心得多有道理，而梅纳尔克否认一切记忆又多有见地！我看见进来的不是原先的夏尔，而是一位头戴礼帽、样子既可笑又愚蠢的先生。天哪！他的变化多大啊！我颇为拘束，发窘，但是见他与我重逢的那种喜悦，我对他也不能太冷淡。不过，他的喜悦也令我讨厌，样子显得笨拙而无诚意。我是在客厅里接待他的，由于天色已晚，看不清他的面孔。等掌上灯来，我发现他蓄起了颊髯，不觉有些反感。

那天晚上的谈话相当无聊。我知道他要待在农场，自己干脆不去了，在将近一周的时间里，我埋头研究，并泡在客人中间。后来我重新出门时，马上又有了新的营生。

树林里来了一批伐木工。这个树林每年都卖一部分木材。树林等分成十二块，每年都能提供几棵不再生长的大树，以及长了十二年可以用作烧柴的矮树。

这种生意冬季成交，根据卖契条款，伐木工必须在开春之前把伐倒的树木全部运走。然而，指挥砍伐的木材商厄尔特旺老头十分拖拉，往往到了春天，伐倒的树木还横七竖八地堆放着，而在枯枝中间又长出了细嫩的新苗；伐木工再来清理的时候，就要毁掉不少新苗。

今年，买主厄尔特旺老头马虎到了令我们担心的地步。由于没有买主竞争，我只好低价出手。他这样便宜买下了树木，无论怎样都保险有赚头，因而迟迟不开工，一周一周拖下来，一次推托没有工人，还有一次借口天气不好，后来不是说马病了，有劳务，就是说忙别的活……花样多得很，谁说得清呢？左拖右拖，直到仲夏，一棵树还没有运走。

若是在去年，我早就大发雷霆了，而今年我却相当平静。对于厄尔特旺给我造成的损失，我并不佯装视而不见。然而，树林这样破败芜杂却别有一番风光，我常常兴致勃勃地去散步，窥视猎物，惊走蝰蛇，有时久久坐在一根横卧的树干上，树干仿佛仍然活着，从截面发出几根绿枝。

到了八月中旬，厄尔特旺突然决定派人。一共来了六个，称说十天完工。采伐的地段几乎与瓦尔特里农场相接，我同意从农场给伐木工送饭，以免他们误工。送饭的人叫布特，是个名副其实的小丑，烂透了，被军队开出来的——我指的是头脑，因为他的身体棒极了。他成了我喜欢与之交谈的一个雇工，而且我不用去农场就能同他见面。其时，我恰巧重新出来游荡，一连几天，我总是在树林里逗留，用餐时才回莫里尼埃尔，还经常误了吃饭的时间。我装作监视劳动，而醉翁之意不在酒，只想瞧那些干活的人。

厄尔特旺的两个儿子时而来帮这六个人干活，大的二十岁，小的十五岁，他们身体挺拔，一脸横肉，脸型像外国人，后来我还真听说他们母亲是西班牙人。起初我觉得挺奇怪的，那女人怎么会来此地生活，不过，厄尔特旺年轻时到处流荡，四海为家，很可能在西班牙结了婚。由于这种缘故，本地人都藐视他。还记得我初次遇见厄尔特旺家老二时正下着雨。他独自一人，仰卧在柴垛码得高高的大车上，埋在树枝中间高唱着，或者说以嚎代唱，歌曲特别怪，我在当地闻所未闻。拉车的马识途，不用人赶，径自往前走。这歌声使我产生的感觉难以描摹，因为我只在非洲听到过类似的歌曲。小伙子异常兴奋，仿佛喝醉了，我从车旁走过时，他一眼也没有看我。次日我听说他是厄尔特旺家的孩子。我在树林中流连，就是想再见到他，至少也是为了等候他。伐倒的树很快就要运光了。厄尔特旺家的两个小伙子仅仅来了三次，他们的样子很傲气，我从他们嘴里掏不出一句话。

相反，布特倒好讲话。我设法使他很快明白，跟我在一起讲话可以随便，于是，他不再拘束，把当地的秘密全揭出来。我贪婪地听着。这些秘密既出乎我的意料，又不能满足我的好奇心。难道这就是暗中流播震荡的事情吗？也许这不过是一种新的伪装吧？无所谓！我盘问布特，如同我从前撰写哥特人残缺不全的编年史那样。从他叙述的深渊升起了一团迷雾，直至我的脑际，我不安地吮吸着。他首先告诉我，厄尔特旺同亲生女儿睡觉。我怕稍微流露出一点儿谴责的神情会使他噤声，便微微一笑，受好奇心的驱使问道：

“那母亲呢？什么话也不讲吗？

“母亲！死了有十二年了……在世时，厄尔特旺总打她。”

“他们家几口人？”

“五个孩子。大儿子和小儿子您见到过，还有一个小子，十六岁，身体不壮，想要当教士。另外，大女儿跟父亲已经生了两个孩子……”

我逐渐了解到厄尔特旺家的其他情况：那是一个是非之地，气味强烈，虽说我的想象力还算丰富，也只能把它想象成一只牛蝇——且说一天晚上，大儿子企图强奸一个年轻女仆，由于女仆挣扎，老子就上前帮儿子，用两只粗大的手按住她。当时，二儿子在楼上，该祈祷还祈祷，小儿子则在一边看热闹。说起强奸，我想那并不难，因为布特还说过了，不久那女仆也上了瘾，就开始勾引小教士了。

“没有得手吧？”我问道。

“他还顶着，但是不那么硬气了。”布特答道。

“你不是说还有一个女儿吗？”

“她呀，见一个跟一个，而且什么也不要。她一发了情，还要倒贴呢。只是不能在家里睡觉，老子会大打出手的。他说过这样的话，在家里，谁愿意干什么就干什么，可是别把外人扯进来。拿皮埃尔来说，就是您从农场开掉的那个小伙子，他就守不了嘴，一天夜里，他从那家出来，脑袋上是带着窟窿眼儿的。打那以后，就到庄园的树林里去搞。”

我又用眼神鼓励他，问道：

“你试过吗？”

他装装样子垂下眼睛，嘿嘿笑道：

“有过几次。”他随即又抬起眼睛：

“博加日老头的小儿子也一样。”

“博加日老头的哪个儿子？”

“阿尔西德呗，就是住在农场的那个。先生不认识他吗？”听说博加日还有一个儿子，我呆若木鸡。

“去年，他还在他叔叔那里，这倒是真的。”布特继续说道，“可是怪事，先生竟然没有在树林里撞见他。他差不多天天晚上偷猎。”布特说到最后，声音放低了，同时注视着我，于是我明白要赶紧一笑置之。布特这才满意，继续说道：

“先生心里清清楚楚，有人偷猎。嘿！林子这么大，也糟蹋不了什么。”

我没有不满的表示，布特胆子很快就大了，今天看来，他也是高兴说点博加日的坏话。于是，他领我看了阿尔西德在洼地下的套子，还告诉我在绿篱的哪个地方十有八九能堵住他。那是在一个土坡上，围树林的绿篱上有个小豁口，傍晚六点钟光景，阿尔西德常常从那里钻进去。我和布特到了那儿，一时来了兴头，便下了一个铜丝套，而且极为隐蔽。布特怕受牵连，让我发誓不说出他来，然后离开了。我趴在土坡的背面守候。

我白白等了三个傍晚，开始以为布特耍了我，到了第四天傍晚，我终于听见极轻的脚步声越来越近。我的心怦怦直跳，突然领略到偷猎者胆战心惊的快感。套子下得真准，阿尔西德撞个正着。只见他猛然扑倒，脚腕被套住。他要逃跑，可是又摔倒了，像猎物一样挣扎。不过，我已经抓住了他。他是个野小子，绿眼珠，亚麻色头发，样子很狡猾。他用脚踢我，被我按住之后，又想咬我，咬不着就冲我破口大骂，那种脏话是我前所未闻的。最后我忍不住了，哈哈大笑。于是，他戛然住声，怔征地看着我，放低声音说："您这粗鲁的家伙，却把我给弄残了。"

"看看嘛。"

他把套子褪到套鞋上，露出脚腕，上面只有轻轻一道红印。——没事儿。——他微微一笑，又嘟囔道：

"我回去告诉我爹，就说您下套子。"

"见鬼！这个套子是你的。"

"这个套子，当然不是您下的了。"

"为什么不是我下的呢？"

"您下不了这么好。让我瞧瞧您是怎么下的。"

"你教给我吧。"

这天晚上，我迟迟不回去吃饭，玛丝琳不知道我在哪儿，非常担心。不过，我没有告诉她我下了六个套子，我非但没有斥责阿尔西德，还给了他十苏钱。

次日同他去起套子，发现逮住两只兔子，我十分开心，自然把兔子让给他。打猎季节还未到。猎物怎样脱手，才不至于牵连本人呢？这个天机，阿尔西德却不肯泄露。最后还是布特告诉我，窝主是厄尔特旺，他小儿子在他和阿尔西德之间跑腿。这样一来，我是不是步步深入，探悉这个野蛮家庭的底细呢。我偷猎的劲头有多大啊！

每天晚上我都跟阿尔西德见面，我们捕捉了大量兔子，甚至还逮住一只小山羊，它还微有气息。回想起阿尔西德宰它时欣喜的样子，我总是不寒而栗。我们把小山羊放在保险的地点，厄尔特旺家的小儿子夜里就来取走。

采伐的树木被运走了，树林的魅力锐减，白天我就不大去了。我甚至想坐下来工作，须知上学期一结束，我就拒聘了。这工作既无聊，又毫无目的，而且费力不讨好。现在，田野传来一点儿歌声、一点儿喧闹，我就倏忽走神儿。对我来说，一声声都变成了呼唤。多少回我啪地放下书本，跃身到窗口，结果一无所见！多少回突然出门……现在我唯一能够留神的，就是我的全部感官。

现在天黑得快了。天一擦黑，就是我们的活动时间，我像盗贼潜入门户一样溜出去。从前我还没有领略过夜色的姣美，现已练就一双夜鸟一般的眼睛，欣赏那显得更高、更摇曳多姿的青草，欣赏那显得更粗壮的树木。在夜色中，一切景物都淡化了，地面变得疏阔，整个画面也变得幽邃了。最平坦的路径也似乎险象环生，只觉得过着隐秘生活的万物到处醒来。

“现在你爹以为你在哪儿呢？”

“以为我在牲口棚里看牲口呢。”

我知道阿尔西德睡在那里，同鸽子和鸡群为邻。由于晚间门上锁，他就从屋顶的洞口爬出来，衣服上还保留着家禽的热乎乎的气味。

继而，他收起猎物，不向我挥手告别，也不说声明天见，就倏地没入黑夜中，犹如翻进活门暗道里。农场里的狗见到他不会乱咬乱叫。不过我知道，他回去之前，肯定要去找厄尔特旺家那小子，把猎物交出去。然而在哪儿呢？我无论怎样探听也是枉然，威吓也好，哄骗也罢，都无济于事。厄尔特旺那家人绝不让人靠近。我也说不清自己的荒唐行径如何才算大获全胜，是继续追踪越退越远的一个普通秘密呢，还是因好奇心太强而臆造那个秘密呢？——阿尔西德同我分手之后，究竟干了什么呢？他真的在农场睡觉呢，还是仅仅让农场主相信他睡在那里呢？哼！我白白牵扯进去，一无所获，非但没有赢得他的更大信任，反而失去几分他的尊敬，不禁又气恼又伤心。

他突然消失，我感到极度孤单，穿过田野和露重的草丛回返，浑身泥水和草木叶子，但仍旧沉醉于夜色、野趣和狂放的行为中。远处莫里尼埃尔在酣睡，我的书房或玛丝琳卧室的灯光，宛似平静的灯塔指引我。玛丝琳以为我关在书房里，而且我也使她相信，我夜间不出去走走就难以成眠。此话不假，我讨厌自己的床铺，宁肯待在仓房里。

今年野味格外多，穴兔、野兔和雉纷至沓来。布特看到一切顺利，过了三天也入伙了。

偷猎的第六天晚上，我们下的十二副套子只剩下两副了，白天几乎被一扫而光。布特向我讨一百苏再买铜丝套子，铁丝套子根本不顶事。

次日，我欣然看到我的十副套子在博加日家里，我不得不称赞他的热忱。最叫人啼笑皆非的是，去年我未假思索地许诺，每缴一副套子赏他十苏，因此，我不得不给博加日一百苏。布特用我给的一百苏又买了铜丝套子。四天之后，又故技重演。于是，再给布特一百苏，再给博加日一百苏。博加日听我赞扬他，便说道：“该夸奖的不是我，而是阿尔西德。”

“唔！”我还是忍住了，过分惊讶，我们就全坏事儿了。

“对呀，”博加日接着说，“有什么办法呢，先生，我上年纪了，农场的事就够我忙乎的。小家伙代我查林子，他也熟悉，人又机灵，到哪儿能找到偷下的套子，他比我清楚。”

“这不难相信，博加日。”

“因此，先生每副套子给的十苏，我让给他五苏。”

“他当然受之无愧。真行啊！五天工夫缴了二十副套子！他干得很出色。偷猎的人只好认了，他们准会消停。”

“嗳！先生，恐怕是越抓越多呀。今年的野味卖的价钱好，对他们来说，损失几个钱……”

我被愚弄得好惨，几乎认为博加日是同谋。在这件事情上，令我气恼的不是阿尔西德的三重交易，而是看到他如此欺骗我。再说，他和布特拿钱干什么呢？我不得而知，也永远摸不透这种人。他们到什么时候都没准话，说骗我就骗我。这天晚上，我给了布特十法郎，而不是一百苏，但警告他这是最后一次，套子再被缴走，那就活该了。

次日，我看见博加日来了，他显得很窘促，随即我比他还要窘促了。发生了什么情况呢？博加日告诉我，布特喝得烂醉如泥，直到凌晨才回农场，博加日刚说他两句，他就破口大骂，然后又扑上来把他揍了。

“因此，”博加日对我说，“我来请示，先生是否允许我（说到此处，他顿了顿），是否允许我把他辞退了。”

“我考虑考虑吧，博加日。听说他对您无礼，我非常遗憾。这事我知道。让我独自考虑一下吧，过两个小时您再来。”——博加日走了。

留用布特，就是给博加日极大的难堪；赶走布特，又会促使他报复。算了，听天由命吧，反正全是我一人的罪过。于是，等博加日再一来，我就对他说：

“您可以告诉布特，这里不用他了。”

随后我等待着。博加日怎么办的呢？布特会说什么呢？直到当天傍晚，这起风波我才有所耳闻。布特讲了。我听见他在博加日屋里的喊声，当即就明白了，小阿尔西德挨了打。博加日要来了，果然来了，我听见他那老迈的脚步声越来越近，心怦怦跳得比捕到猎物时还厉害。难熬的一刻啊！所有高尚的感情又将复归，我不得不严肃对待。编造什么话来解释呢？我准装不像！唉！我真想卸掉自己的角色……博加日走进来。我一句话也没有听懂。实在荒谬，我只好让他重说一遍。最后，我听清了这种意思：他认为罪过只在布特一人身上，放过了难以置信的事实，说我给了布特十法郎，干什么呢？他是个十足的诺曼底人，绝不相信这种事。那十法郎，肯定是布特偷的，偷了钱又撒谎，这种鬼话，还不是为了掩饰他的偷窃行为，但这怎么能骗得了他博加日呢。再也别想偷猎了。至于博加日打了阿尔西德，那是因为小伙子到外面过夜了。

好啦！我保住了。至少在博加日看来，一切正常。布特这家伙真是个大笨蛋！这天晚上，我自然没有兴致去偷猎了。

我还以为完事大吉了，不料过了一小时，夏尔却来了。老远就望见他的脸色比他爹还难看。真想不到去年……

“喂！夏尔，好久没见到你了。”

“先生要想见我，到农场去就行了。看林子，守夜，又不是我的事儿。”

“哦！你爹跟你讲了……”

“我爹什么也没有跟我讲，因为他什么也不知道。他那么大年纪了，何必了解他的主人嘲弄他呢？”

“当心，夏尔！你太过分了……”

“哼！当然，您是主人嘛！可以随心所欲。”

“夏尔，你完全清楚，我没有嘲弄任何人，即使我干自己喜欢的事，那也是仅仅损害我本人。”

他微微耸了耸肩。

“您都侵害自己的利益，如何让别人来维护呢？您不能既保护看林人，又保护偷猎者。”

“为什么？”

“因为那样一来……哼！跟您说，先生，这里面弯道道太多，我弄不清，只是不喜欢看到我的主人同被抓的人结成一伙，跟他们一起破坏别人为他干的事。”

夏尔说这番话时，声调越来越理直气壮，他那神态几乎是庄严的。我注意到他刮掉了颊髯。他说的话也的确有道理。由于我沉默不语（我能对他说什么呢？），他继续说道：

“一个人拥有财产，就有了责任，这一点，先生去年教导过我，现在仿佛忘却了。应当认真履行职责，否则就没有资格拥有财产。”

静默片刻。

“这是你全部要讲的话吗？”

“是的，先生，今天晚上就讲这些，不过，如果先生把我逼急了，也许哪天晚上我要来对先生说，我和我爹要离开莫里尼埃尔庄园。”

他深鞠一躬，便往外走。我几乎未假思索就说道：

“夏尔！”我喊道，心想他当然是对的……唔！唔！所谓拥有财产，如果就是这样！……“夏尔！”我追出去，在夜色中追上他。仿佛为了确认我的突然决定，我又极快地说：

“你可以去告诉你爹，我要出售莫里尼埃尔庄园。”

夏尔又严肃地鞠了一躬，一句话未讲就走开了。

这一切真荒唐！真荒唐！

这天晚上，玛丝琳不能下楼来用餐，打发人来说她身体不舒服。我惴惴不安，急忙上楼去她的卧室。她立刻让我放心。“不过是感冒了。”她说。她以为她只是着凉了。

“你就不能多穿点儿吗？”

“然而，我刚打个冷战，就披上披肩了。”

“应当在打冷战之前，而不是在那之后披上。”

她凝视着我，强颜一笑。噢！也许这一天从起来就极不顺当，是我容易忧心吧，哪怕她高声对我说：“我是死是活，你就那么关心吗？”我也不会像这样洞悉她的心思。毫无疑问，我周围的一切在瓦解，我的手抓住了多少东西，却一样也保不住。我朝玛丝琳冲过去，连连吻她那苍白的面颊。于是，她再也忍不住，伏在我的肩头痛哭。

“哎！玛丝琳！玛丝琳！咱们离开这儿吧。到了别处，我会像在索伦托那样爱你。你以为我变了，对不对？等到了别处，你就会看清楚，咱们的爱情一点儿没有变。”

然而，我还没有完全排解她的忧郁，不过，她已经重又紧紧地抓住了希望！

暮秋未至，而天气却又冷又潮湿，玫瑰的末茬花蕾不待开放就烂掉了。客人早已离去。玛丝琳虽然身体不适，但还没有到杜门谢客的程度。五天之后，我们就起程了。

第三部

我解脱了，可能如此，然而这又算什么呢？
我有了这种无处使用的自由，日子反倒更难过。

我再次试图收心，牢牢抓住我的爱情。然而，我要平静的幸福何用呢？玛丝琳给我的并由她体现的幸福，犹如向不累的人提供的休憩。不过，我感到她多么疲倦，多么需要我的爱，因而对她百般抚爱，情意缠绵，并佯装这是出自我的需要。我受不了看到她痛苦，是为了治愈她的苦痛才爱她的。

啊！亲亲热热的体贴，两情缱绻的良宵！正如有的人以过分的行为来强调他们的信念那样，我也张大我的爱情。告诉你们，玛丝琳立即重新燃起希望。她身上还充满青春活力，以为我也大有指望。我们逃离巴黎，仿佛又是新婚宴尔。可是，旅行的头一天，她就开始感到身体很不好。一到纳沙泰尔，我们不得不停歇。

我多么喜爱这海绿色的湖畔！这里毫无阿尔卑斯山区的特色，湖水有如沼泽之水，同土壤长期混合，在芦苇之间流动。我在一家很舒适的旅馆给玛丝琳要了一间向湖的房间，一整天都守在她的身边。

她的身体状况很不妙，次日我就让人从洛桑请来一位大夫。他非要问我是否知道我妻子家有无结核病史，实在没有必要。我回答说有，其实并不知道，却不愿意吐露我本人因患结核病而险些丧命，而玛丝琳在护理我之前从未生过病。我把病因全归咎于栓塞，可是大夫认为那只是偶然因素，他明确对我说病已潜伏很久。他极力劝我们到阿尔卑斯高山上去，说那里空气清新，玛丝琳就会痊愈。这正合我意，我就是渴望整个冬季在恩加丁度过。一俟玛丝琳病体好些，禁得住旅途的颠簸，我们就重新起程了。

旅途中的种种感受，如同重大事件一般记忆犹新。天气澄净而寒冷，我们穿上了最保暖的皮袄。到了库尔，旅馆里通宵喧闹，我们几乎未合眼。我倒无所谓，一夜失眠也不会觉得困乏，可是玛丝琳……这种喧闹固然令我烦扰，然而，真正令我气恼的是，玛丝琳不能闹中求静，以便成眠。她多么需要好好睡一觉啊！次日拂晓前，我们就重新上路。我们预订了库尔驿车的包厢座，各中途站若是安排得好，一天工夫就能到达圣莫里茨。

蒂芬卡斯特尔、尤利尔、萨梅丹……一小时接着一小时，一切我都记得，记得空气的清新和寒峭，记得叮当的马铃声，记得我饥肠辘辘，中午在旅馆门前打尖，我把生鸡蛋打在汤里，记得黑面包和冰凉的酸酒。这些粗糙的食品，玛丝琳难以下咽，仅仅吃了几块饼干；幸亏我带了些饼干以备旅途食用。眼前又浮现落日的景象：阴影迅速爬上森林覆盖的山坡，继而又是一次暂歇。空气越来越凛冽而刚硬。驿车到站时，已是夜半三更，寂静得通透，通透……用别的词不合适。在这奇异的透明世界中，细微之声都能显示纯正的音质与完足的音响。我们又连夜上路了。玛丝琳咳嗽……难道她就止不住吗？我想起乘苏塞驿车的情景，觉得我那时咳嗽比她好些，她太费劲了……她显得多么虚弱，变化多大啊！坐在昏暗的车中，我几乎认不出她来了。她的神态多么倦怠啊！她那鼻孔的两个黑洞，叫人怎么忍心看呢？——她咳嗽得几乎上不来气。这是她护理我的一目了然的结果。我憎恶同情，所有传染都隐匿在同情中，只应当跟健壮的人同气相求。——噢！她真的支持不住了！我们不能很快到达吗？……她在做什么呢？……她拿起手帕，捂到嘴唇上，扭过头去……真可怕！难道她也要咯血？——我猛地从她手中夺过手帕，借着半明半暗的车灯瞧了瞧……什么也没有。然而，我的惶恐神情太明显了，玛丝琳勉强凄然一笑，低声说道：

“没有，还没有呢。”

终于到达了。赶紧，眼看她支撑不住了。我对给我们安排的房间不满意，先住一夜，明天再换。多好的客房我也觉得不够好，多贵的客房我也不嫌贵。由于还没到冬季，这座庞大的旅馆几乎空荡荡的，房间可以任我挑选。我要了两个宽敞明亮而陈设又简单的房间，一间大客厅与之相连，外端镶着宽大的凸窗户，对面便是一片蓝色的难看的湖水，以及我不知道名字的突兀的山峰。那些山坡不是林太密，就是岩太秃。我们就在窗前用餐。客房价钱奇贵，但这又有何妨！我固然不授课了，可是在拍卖莫里尼埃尔庄园。走一步看一步吧。再说，我要钱干什么呢？我要这一切干什么呢？现在我变得强壮了。我想财产状况的彻底变化，和身体状况的彻底变化会有同样教益。玛丝琳倒需要优裕的生活，她很虚弱。啊！为了她，花多少钱我也不吝惜，只要……而我对这种奢侈生活既厌恶又喜欢。我的情欲洗濯沐浴其中，但又渴望漫游。

这期间，玛丝琳的病情好转，我的日夜守护见了成效。由于她吃得很少，我就叫些美味可口的菜肴，以便引起她的食欲。我们喝最好的酒。我们每天品尝的那些外国特产葡萄酒，我十分喜爱，相信玛丝琳也会喝上瘾，有莱茵的酸葡萄酒、香味沁我心脾的托凯甜葡萄酒。记得还有一种特味酒，叫巴尔巴—格里斯卡，当时只剩下一瓶，因而我无从知晓别的酒是否会有这种怪味。

我们每天出去游览，起初乘车，下雪之后便乘雪橇，但是身体捂得严严的。每次回来，我的脸火辣辣的，食欲大增，睡眠也特别好。不过，我并没有完全放弃学术研究，每天用一个多小时来思考我感觉应当讲的话。历史问题自然谈不上了。我对历史研究的兴趣，早已是仅仅当作心理探索的一种方法。前面讲过，当我看到历史有惊人相似之处的时候，我是如何重新迷上过去的。当时我居然要逼迫古人，从他们的遗墨中得到某种对生活的秘密指示。现在，年轻的阿塔拉里克要同我交谈，就可以从墓穴里站起来。我不再倾听陈迹了。古代的一种答案，怎么能解决我的新问题呢！人还能够做什么？这正是我企盼了解的。迄今为止，人所讲的，难道是他们所能讲的全部吗？难道人对自己就毫无迷惘之点吗？难道人只能旧调重弹吗？……我模糊地意识到文化、礼仪和道德所遮盖、掩藏并遏制得完好的财富，而这种模糊的意识在我身上日益增强。

于是我觉得，我生来的使命就是为了某种前所未有的发现，我分外热衷于这种探幽索隐，并知道探索者为此必须从自身摒弃文化、礼仪和道德。

后来，我在别人身上竟然只赏识野性的表现，但又叹惋这种表现受到些微限制便会窒息。在所谓的诚实中，我几乎只看到拘谨、世俗和畏怯。如果能把诚实当成一种难能可贵的品质来珍视，我何乐而不为呢。然而，我们的习惯却把它变成了一种契约关系的平庸形式。在瑞士，它是安逸的组成部分。我明白玛丝琳有此需要，但是并不向她隐瞒我的思想的新路子。在纳沙泰尔，听她赞扬这种诚实，说它从那里的墙壁和人的面孔中渗出来，我就接上说道：

"有我自己的诚实就足矣，我憎恶那些诚实的人，即使对他们无须担心，从他们那儿也无可领教。况且，他们根本没有东西可讲……诚实的瑞士人！身体健康，对他们毫无意义。没有罪恶，没有历史，没有文学，没有艺术，不过是一株既无花又无刺的粗壮的玫瑰。"

我讨厌这个诚实的国家，这是我早就料到的，可是两个月之后，讨厌的情绪进而变为深恶痛绝，我一心想离开了。

适值一月中旬。玛丝琳的身体好转，大有起色，慢慢折磨她的持续的低烧退了，脸色开始红润，不再像从前那样始终疲惫不堪，又喜欢出去走走了，尽管还走不远。我对她说，高山空气的滋补作用在她的身上已经完全发挥出来，现在最好下山去意大利，那里春光融融，有助于她的痊愈。我没有多费唇舌就说服了她，我本人更不在话下，因为我对这些高山实在厌倦了。

然而，趁我此时赋闲，被憎恶的往事又卷土重来，尤其是这些记忆烦扰着我：雪橇的疾驶、朔风痛快的抽打、食欲；雾中漫步、奇特的回声、突现的景物；在十分保暖的客厅里看书、户外景色、冰雪景色；苦苦盼雪、外界的隐没、惬意的静思……啊，还有，同她单独在环绕落叶松的偏僻纯净的小湖上滑冰，傍晚同她一道返回……

南下意大利，对我来说，犹如降落一般眩晕。天气晴朗。我们渐渐深入更加温煦的大气中，高山上的苍郁的落叶松与冷杉，也逐步让位给秀美轻盈的繁茂草木。我仿佛离开了抽象思维，回到了生活中。尽管是冬季，我却想象到处飘香。噢！我们只冲影子笑的时间太久啦！清心寡欲的生活令我陶醉，而我醉于渴，正如别人醉于酒。我曾表现出令人称道的节俭，一踏上这块宽容并给人希望的土地，我的所有欲望一齐爆发。爱的巨大积蓄把我胀大，它从我肉体的深处冲上头脑，使我的思绪也轻狂起来。

这种春天的幻象须臾即逝。由于海拔高度的突然降低，我一时迷惑了。可是，我们一旦离开小住数日的贝拉焦、科莫的以山为屏的湖畔，便逢上了冬季和淫雨。恩加丁地处高山，虽然寒冷，但是天气干燥晴朗，我们还禁得住，不料现在来到潮湿阴晦的地方，我们的日子就开始不好过了。玛丝琳又咳嗽起来。于是，为了逃避湿冷，我们继续南下，从米兰到佛罗伦萨，从佛罗伦萨到罗马，再从罗马到那不勒斯，而冬雨中的那不勒斯，却是我见到的最凄清的城市。无奈，我们又返回罗马，寻觅不到温暖的天气，至少也图个表面的舒适。我们在苹丘山上租了一套房间，房间特别宽敞，位置又好。到佛罗伦萨时，我们看不上旅馆，就在科里大道租了一座精美的别墅，租期为三个月。换个人，准会愿意在那里永久居住下去，而我们仅仅待了二十天。即便如此，每到一站，我总是精心地安排好一切，就好像我们不再离开了。一个更强大的魔鬼在驱赶我。不仅如此，我们携带的箱子少说也有八只，其中有一只装的全是书，可是在整个旅行过程中，我却一次也没有打开。

我不让玛丝琳过问甚而试图缩减我们的花费。我们的开销高得过分，维持不了多久，这我心里清楚。我已经不再指望莫里尼埃尔庄园的款项了，那座庄园一点儿收益也没有了，博加日来信说找不到买主。然而，我瞻念前景，干脆更加大手大脚地花钱。哼！平生仅此一次，我要那么多钱何用？我这样想道，同时，我怀着惶恐不安与期待的心情观察到，玛丝琳那衰弱的生命比我的财产消耗得还要快。

尽管事事由我料理，她不必劳神，可是几次匆匆易地，未免使她疲顿。然而，如今我完全敢于承认，更加使她疲顿的是害怕我的思想。

"我完全明白，"有一天她对我说，"我理解你们的学说——现在的确成了学说。也许，这个学说很出色。"她又低沉地、凄然地补了一句，"不过，它要消灭弱者。"

"理所当然。"我情不自禁地立即答道。

于是我觉得，这个脆弱的人听了这句狠话，恐惧得蜷缩起来，并开始发抖。哦！也许你们以为我不爱玛丝琳。我敢发誓我热烈地爱着她。她从来没有这么美，在我的眼里尤其如此。她有一种柔弱酥软的病态美。我几乎不再离开她，百般体贴地照顾她，日夜守护她，一刻也不松懈。无论她的睡眠气息多么轻，我自己习练得比她的还要轻。我看着她入睡，而且首先醒来。有时我想到田野或街上独自走走，却不知怎的柔情系恋，怕她烦闷，心中忽忽若失，很快就回到她的身边。有时我唤起自己的意志，抗御这种控制，心下暗道："冒牌伟人，你的价值不过如此啊！"于是，我强制自己在外面多逛一会儿，然而回去的时候就要带着满抱的鲜花，那是花园的早春花或者暖室的花……是的，告诉你们，我深情地爱着她。可是，如何描述这种感情呢？……随着我的自重之心减弱，我更加敬重她了。人身上共存着多少敌对的激情和思想，谁又说得清呢？

阴雨天气早已过去，季节向前推移，杏花突然开放了。那是三月一日，早晨我去西班牙广场。农民已经把田野上的雪白杏花枝剪光，装进了卖花篮里。我一见喜出望外，立即买了许多，由三个人给我拿着。我把整个春意带回来了。花枝划在门上，花瓣下雪般纷纷落在地毯上。玛丝琳正好不在客厅。我到处摆放花瓶，插上一束花，只见客厅一片雪白。我心里喜滋滋的，以为玛丝琳见了准高兴。听见她走来，到了。她打开房门。怎么啦？……她身子摇晃起来……她失声痛哭。

"你怎么啦？我可怜的玛丝琳……"

我赶紧过去，温柔地抚慰她。于是，她像为自己的哭泣道歉似的说：

"我闻到花的香味难受。"

这是一种淡淡的、隐隐的蜂蜜香味。我气急了，眼睛血红，二话未讲，抓起这些纯洁细嫩的花枝，通通折断，抱出去扔掉。——唉！就这么一点点春意，她就受不了啦！……

我时常回想她那次落泪，现在我认为，她感到自己的大限已到，为惋惜别的春天而涕泣。我还认为，强者自有强烈的快乐，而弱者适于文弱的快乐，容易受强烈快乐的伤害。玛丝琳呢，有一点儿微不足道的乐趣，她就要陶醉；欢乐再强烈一点儿，她反倒禁不住了。她所说的幸福，不过是我所称的安宁，而我恰恰不愿意，也不能够安常处顺。

四天之后，我们又起程去索伦托。我真失望，那里的气候也不温暖。万物仿佛都在抖瑟，冷风刮个不停，使玛丝琳感到十分劳顿。我们还是住到上次旅行下榻的旅馆，甚至要了原先的客房。可是，望见在阴霾的天空下，整个景象丧失了魅力，旅馆花园也死气沉沉，我们都很惊诧。想当初，我们的爱情在这座花园游憩的时候，觉得它多么迷人啊。

我们听人夸说巴勒莫的气候好，就决定取海路前往，要回到那不勒斯上船，不过在那里又延宕了些时日。老实说，我在那不勒斯至少不烦闷。这是个生机勃勃的城市，不背陈迹的包袱。

我几乎终日守在玛丝琳身边。她精神倦怠，晚间早早就寝。我看着她入睡，有时我也躺下，继而，听她呼吸渐渐均匀，推想她进入了梦乡，我就蹑手蹑脚地重新起来，摸黑穿好衣服，像窃贼一样溜出去。

户外！啊！我痛快得真想喊叫。我能做什么呢？到现在我也不知道。蔽日的乌云已经消散，八九分圆的月亮洒着清辉。我漫无目的地走着，既无情无欲，又无拘无束。我以新的目光观察一切，侧耳谛听每一种声响，吮吸着夜间的潮气，用手抚摩各种物体。我信步徜徉。

我们在那不勒斯度过的最后一个晚上，我延长了这种游荡的时间，回来发现玛丝琳泪流满面。她对我说，刚才她突然醒来，发现我不在身边，就害怕了。我尽量解释为什么出去了，并保证以后不再离开她，终于使她的情绪平静下来。然而，到达巴勒莫的当天晚上，我按捺不住，又出去了。橘树的第一批花开放了，有点儿微风就飘来花香。

我们在巴勒莫仅仅住了五天，接着绕了一大圈，又来到陶尔米纳，我们二人都渴望重睹那个村子。我说过它坐落在很高的山腰上吗？车站在海边。马车把我们拉到旅馆，又得立即把我拉回车站，以便取行李。我站在车上好跟车夫聊天。车夫是从卡塔尼亚城来的西西里孩子，他像忒奥克里托斯的诗一样清秀，又像果实一样绚丽、芬芳而甘美。

“太太长得多美呀！”他望着远去的玛丝琳说，声音听来十分悦耳。

“你也很美啊，我的孩子。”我答道。由于我正朝他俯着身子，我很快忍耐不住，便把他拉过来亲吻。他只是咯咯笑着，任我又亲又抱。

“法国人全是情人。”他说道。

“意大利人可不是个个都可爱。”我也笑道。后来几天，我一直都在寻找他，但是不见踪影了。

我们离开陶尔米纳，去锡拉库萨。我们正一步一步拆毁我们的第一次行程，返回到我们爱情的初始阶段。在我们第一次旅行的过程中，我的身体一周一周好起来，然而这次我们渐渐南下，玛丝琳的病情却一周一周恶化了。由于何等荒唐的谬误，何等一意孤行，何等刚愎自用，我援引我在比斯克拉康复的事例，不但自己确信，还极力劝她相信她需要更充足的阳光和温暖！……其实，巴勒莫海湾的气候已经转暖，相当宜人，玛丝琳挺喜欢那个地方，如果住下去，她也许能……然而，我能自主选择我的意愿吗？能自主决定我的渴望吗？

到了锡拉库萨，因为海上风浪太大，航船不定时，我们被迫又等了八天。除了守在玛丝琳的身边，其余时间我就到老码头那儿消遣。啊，锡拉库萨的小小码头！酸酒的气味、泥泞的小巷、发臭的酒店，只见醉醺醺的装卸工、流浪汉和船员在里边穿梭。这帮贱民成为我的愉快伴侣。我何必懂得他们的话语，既然我的整个肉体都领会了他们的意思。在我看来，这种纵情狂放还给人以健康强壮的虚假表象，心想对他们的悲惨生活，我和他们不可能产生同样的兴趣，然而怎么想也无济于事……啊！我真渴望同他们一起滚到餐桌下面，直到凄清的早晨才醒来。我在他们身边，就更加憎恶奢华、安逸和受到的照顾，憎恶随着我强壮起来而变得多余的保护，憎恶人要避免身体同生活的意外接触而采取的种种防范措施。我进一步想象他们的生活，极想追随他们，挤进他们的醉乡……继而，我眼前突然出现玛丝琳的形象。此刻她在做什么呢？她在病痛中呻吟，也许在哭泣……我急忙起身，跑回旅馆。旅馆门上似乎挂着字牌：

穷人禁止入内。

玛丝琳每次见我回去，态度总是一个劲儿，脸上尽量挂着笑容，不讲一句责备的话，也没有一丝狐疑。我们单独用餐，我给她要了这家普通旅馆所能供应的最好食品。我边吃边想：一块面包、一块奶酪、一根茴香就够他们吃了，其实也够我吃了。也许在别处，也许就在附近，有人在挨饿，连这点东西都吃不上，而我餐桌上的东西够他们饱食三日！我真想打通墙壁，放他们蜂拥进来吃饭。因为感到有人在挨饿，我的心就惶恐不安。于是，我又去老码头，把装满衣兜的硬币随便散发出去。

人穷就受奴役，要吃饭就得干活，毫无乐趣。我想，一切没有乐趣的劳动都是可鄙的，于是出钱让好几个人休息。我说道："别干了，你干得没意思。"我梦想人人都应享有这种闲暇，否则，任何新事物、任何罪愆、任何艺术都不可能勃兴。

玛丝琳总能知道我心里真正在想什么。每次我从老码头回去，也不向她隐瞒在那里遇见的是多么可怜的人。人蕴藏着一切。玛丝琳也隐约看到我极力要发现什么，由于我说她常常相信她在每个人身上臆想到的品德，她便答道：

"您呢，只有让他们暴露出某种恶癖，您才心满意足。要知道，我们的目光注视人的一点，总好放大，夸张，使之变成我们认定的样子，这情况难道您还不清楚吗？"

但愿她这话不对，然而我在内心不得不承认，在我看来，人的最恶劣的本能才是最坦率的。再说，我所谓的坦率又是什么呢？

我们终于离开锡拉库萨。对南方的回忆和向往时时萦怀。在海上，玛丝琳感觉好一些……我重睹了大海的格调。海面风平浪静，船行驶的波纹仿佛会持久存在。我听见洒水扫水的声音，那是在冲刷甲板，水手的赤足踏得甲板啪嚓啪嚓直响。我又见到一片雪白的马耳他海岸。突尼斯快到了……我的变化多大啊！

天气很热，碧空如洗，万物绚烂。啊！我真希望快感的全部收获在此升华成每句话。无奈我的生活本无多大条理，现在要强使我的叙述更有条理也是枉然。好长时间我就考虑告诉你们，我是如何变成现在这样的。噢！把我的思想从这种令人难以忍受的逻辑中解脱出来！……我感到自身唯有高尚的情感。

突尼斯。阳光充足，但不强烈。庇荫处也很明亮。空气宛似光流，一切沐浴其中，人们也投进去游泳。这块给人以快感的土地使人满足，但是平息不了欲望。任何满足都要激发欲望。

缺乏艺术品的土地。有些人只会欣赏已经被描述并完全表现出来的美，我藐视这种人。阿拉伯民族有一点就值得赞叹，他们看到自己的艺术，歌唱它，却又一天天毁掉它，根本不把它固定下来，不把它化为作品传之千秋万代。此地没有伟大的艺术家，这既是因也是果。我始终认为这样的人是伟大的艺术家——他们大胆赋予极其自然的事物以美的权利，而且令同样见过那些事物的人叹道："当时我怎么就没有理解这也是美的呢？……"

我没有带玛丝琳，独自去了我尚未游览过的凯鲁万城。夜色极美，我正要返回旅馆休息，忽然想起一帮阿拉伯人睡在一家小咖啡馆的露天席子上，于是同他们挤在一起睡了。我招了一身虱子回来。

海滨的气候又潮又热，大大地削弱了玛丝琳的身体。我说服她相信，我们必须尽快前往比斯克拉。当时正值四月初。

这次旅途很长。头一天，我们一气儿赶到了君士坦丁堡；第二天，玛丝琳十分劳顿，我们只到达坎塔拉。向晚时分，我们寻觅并找到了一处阴凉地方，比夜晚的月光还要皎好清爽。那阴凉宛如永不枯竭的泉水，一直流到我们面前。在我们闲坐的坡上，望得见红彤彤的平原。当天夜里，玛丝琳难以成眠，周围寂静得出奇，一点儿细微的响动也使她不安。我担心她有低烧，听见她在床上辗转反侧。次日，我发现她脸色更加苍白。我们又上路了。

比斯克拉。这正是我的目的地。对，这是公园、长椅……我认出了我大病初愈时坐过的长椅。当时我坐着看什么书了？《荷马史诗》。从那以后，我再也没有翻开过。——这就是我抚摩过表皮的那棵树。那时候，我多么虚弱啊！……咦！那帮孩子来了……不对，我一个也不认得了。玛丝琳的表情多严肃啊！她跟我一样变了。这样好的天儿，为什么她还咳嗽呢？——旅馆到了。这是我们住过的客房；这是我们待过的平台。——玛丝琳想什么呢？她一句话也没有跟我说。她一进房间，就躺到床上；她疲倦了，说是想睡一会儿。我出去了。

我认不出那些孩子，而他们却认出了我。他们得知我到达的消息，就全跑来了。怎么会是他们呢？真令人失望！发生了什么事情呢？他们长得这么高了，仅仅两年多点儿的工夫——这不可能……这一张张脸，当初焕发着青春的光彩，现在却变得这么丑陋，这是何等疲劳、何等罪恶、何等懒惰造成的啊？是什么卑劣的营生早早把这些俊秀的身体扭曲了？眼前的景象像企业倒闭一般……我一个个询问。巴齐尔在一家咖啡馆里洗餐具；阿舒尔砸路石，勉强挣几个钱；阿马塔尔瞎了一只眼。谁会相信呢，萨代克也规矩了，帮他一个哥哥在市场上卖面包，看样子也变得愚蠢了。阿吉布跟随他父亲当了屠夫，他胖了，丑了，也有钱了，不再愿意同他的地位低下的伙伴说话……体面的差事把人变得多么蠢笨啊！我在我们中间所痛恨的，又要在他们身上看到了吗？——布巴凯呢？——他结婚了。他还不到十五岁。实在可笑。——其实不然，当天晚上我见到了他。他解释说，他的婚事纯粹是假的。我想他是个该死的放荡鬼！真的，他酗酒，相貌走了样儿……这就是保留下来的一切吗？这就是生活的杰作啊！——我在很大程度上是来看他们的，心中真抑制不住忧伤。——梅纳尔克说得对，回忆是自寻烦恼。

莫克蒂尔怎么样？——哦！他出了监狱，躲躲藏藏，别人都不跟他交往了。我想见见他。当初他是所有孩子里最漂亮的，他也会令我失望吗？……有人找到了他，把他带来见我。——还好！他并没有蜕化，甚至在我的记忆中，他也没有如此英俊。他的矫健与英俊达到了完美程度。他认出我来，立马就眉开眼笑。

“你入狱之前干什么了？”

“什么也没干。”

“偷东西了吧？”

他摇头否认。

“你现在干什么？”

他又笑起来。

“哎！莫克蒂尔！你若是没什么事儿干，就陪我们去图古尔特吧。”——我突然心血来潮，想去图古尔特。

玛丝琳的身体状况不好，我不知道她有什么心事。那天晚上我回旅馆的时候，她紧紧依偎着我，闭着眼睛一句话不讲。她的肥袖筒抬起来时，露出了消瘦的胳臂。我抚摩着她，像哄孩子睡觉似的摇了她好长时间。她浑身颤抖，是由于情爱，由于惶恐，还是由于发烧呢？……哦！也许还来得及……难道我就不能停下来吗？——我思索并发现自己的价值：一个执迷不悟的人。——可是，我怎么开得了口，对玛丝琳说我们明天去图古尔特呢？……

现在，她在隔壁房间睡觉。月亮早已升起，此刻光华洒满平台，明亮得几乎令人惊悚。人无处躲藏。我的房间是白石板地面，月色显得尤为粲然。流光从敞着的窗户涌进来，我能看到它在我的房间里的光华和房门上的阴影。两年前，它照进来得还要远……对，正是它现在延伸到的地方——当时我夜不成寐，便起床了。我的肩头倚在这扇门扉上。还记得，棕榈也是纹丝不动……那天晚上，我读到什么话了呢？……哦！对，是基督对彼得说的话：“你年少的时候，自己束上带子，随意往来……”我去哪里呢？我要去哪里呢？……我还没有告诉你们，我上次到那不勒斯的时候，一天又独自去了帕埃斯图姆……噢！我真想面对那些石头痛哭一场！古迹的美显得质朴、完善、明快，却遭到遗弃。艺术离我而去，我已有所感觉，但是让位给什么了呢？代替的东西不再像往昔那样呈现明快的和谐。现在我也不知道我为之效力的神秘上帝。新的上帝啊！还让我认识新的种类，意想之外的美的类型吧。

次日拂晓，我们乘驿车起程了。莫克蒂尔跟随我们，他快活得像国王。

奇加、凯菲尔多尔、姆莱耶……各站死气沉沉，走不完的路途更加死气沉沉。老实说，我原以为这些绿洲要欢快得多，不料满目石头与黄沙，继而有几簇花儿奇特的矮树丛，有时还望见暗泉滋润的几株试栽的棕榈……现在，我喜欢沙漠而不是绿洲。沙漠是光彩炫目、荣名消泯的地方，人工在此显得丑陋而可怜。现在我讨厌任何别的地方。

"您喜爱非人性。"玛丝琳说道。瞧她那自我端详的样子！那目光多么贪婪！

次日有些变天，也就是说起风了，天际发暗。玛丝琳感到很难受，黄沙灼热的空气刺激她的喉咙，强烈的光线晃花她的眼睛，怀有敌意的景物在残害她。然而，再返回去已为时太晚。过几个小时就到图古尔特了。

这次旅行的最后阶段虽然相隔很近，给我留下的印象却非常淡薄。第二天旅途的景色、我刚到图古尔特所做的事情，现在都回忆不起来了。不过，我还记得我的心情是多么急切。

上午非常冷。向晚时分，刮起了干热的西蒙风。玛丝琳由于旅途劳顿，一到达就躺下了。我本指望找一家舒适一些的旅馆，想不到客房糟透了。黄沙、曛日和苍蝇，使一切显得昏暗、肮脏而陈旧。从拂晓以来，我们几乎就没有进食，我立即吩咐备饭。可是，玛丝琳觉得没有一样可口的，任我怎么劝还是一口也咽不下去。我们随身带了茶点。这些琐事全由我承担了。晚餐将就吃几块饼干，喝杯茶，而当地水太污浊，煮的茶也不是味儿。

仁心已泯，最后还虚有其表，我在她身边一直守到天黑。陡然，我仿佛感到自己精疲力竭。灰烬的气味啊！慵懒啊！非凡努力的悲伤啊！我真不敢瞧她，深知自己的眼睛不是寻觅她的目光，而是要死死盯住她那鼻孔的黑洞。她脸上的痛苦表情令人揪心。她也不瞧我。我如同亲身触及一般感到她的惶恐。她咳得厉害，后来睡着了，但时而惊抖。

夜晚可能变天，趁着还不太晚，我要打听一下找谁想想办法，于是出门去。旅馆前面的图古尔特广场、街道，甚至气氛都非常奇特，以至我觉得不是自己看到的。过了片刻，我返回客房。玛丝琳睡得很安稳。刚才我的惊慌是多余的。在这块奇异的土地上，总以为处处有危险，这实在荒唐。我总算放下心来，便又出去了。

广场上奇异的夜间活动景色：车辆静静地来往，白斗篷悄悄地游弋，被风撕破的奇异的音乐残片，不知从何处传来。一个人朝我走过来……那是莫克蒂尔。他说他在等我，算定我还会出门。他咯咯笑了。他经常来图古尔特，非常熟悉，知道该领我到哪儿去。我任凭他把我拉走。

我们走在夜色中，进入一家摩尔咖啡馆。刚才的音乐声就是从这里传出去的。一些阿拉伯女人在跳舞——如果这种单调的移动也能称作舞蹈的话——其中一个上前拉住我的手，她是莫克蒂尔的情妇。我跟随她走，莫克蒂尔也一同陪伴。我们三人走进一间狭窄幽深的房间，里边唯一的家具就是一张床。床很矮，我们坐到上面。

屋里关着一只白兔，它起初非常惊慌，后来不怕人了，过来舔莫克蒂尔的手心，有人给我们端来咖啡。喝罢，莫克蒂尔就逗兔子玩，这个女人则把我拉过去；我也不由自主，如同沉入梦乡一般。

噢！这件事我完全可以作假，或者避而不谈，然而，我的叙述若是不真实了，对我还有什么意义呢?

莫克蒂尔在那里过夜，我独自返回旅馆。夜已深了。刮起了西洛可焚风，这种风卷着沙子，虽在夜间仍然酷热，迷人眼睛，抽打双腿。突然，我归心似箭，几乎跑着回去。也许她已经醒来，也许她需要我吧？……没事儿，房间的窗户是黑的，她还在睡觉。我等着风势暂缓好开门。我悄无声息溜进黑洞洞的房间。——这是什么声响？……听不出来是她咳嗽……真的是她吗？……我点上灯……

玛丝琳半坐在床上，一只瘦骨伶仃的胳膊紧紧抓住床头栏杆，支撑着半起的身子。她的床单、双手、衬衣上全是血，面颊也弄脏了；眼睛圆睁，大得可怕；她的无声比任何垂死的呼叫都更令我恐惧。我在她汗津津的脸上找一点儿地方，硬着头皮吻了一下。她的汗味一直留在我的嘴唇上。我用凉水毛巾给她擦了额头和面颊。床头下有个硬东西硌着我的脚，我弯腰拾起，正是在巴黎时她要我递给她的小念珠，刚才从她的手中滚落了。我放到她张开的手里，可是她的手一低，又让念珠滚落了。我不知如何是好，想去找人来抢救……她的手却拼命地揪住我不放。哦！难道她以为我要离开她吗？她对我说：

“噢！你总可以再等一等。”她见我要开口，立即又补充一句，“什么也不要对我讲，一切都好。”

我又拾起念珠，放到她的手里，可是她再次让它滚下去——我能说什么？实际上她是撒手丢掉的。我在她身边跪下，把她的手紧紧按在我的胸口。

她半倚在长枕上，半倚在我的肩头，任凭我拉着她的手，仿佛在打瞌睡，可是她的眼睛却睁得大大的。

过了一小时，她又坐起来，把手从我的手里抽回去，抓住自己的衬衣，把绣花边的领子撕开了。她喘不上气儿。——将近凌晨时分，又吐血了……

我这段经历向你们讲完了，还能补充什么呢？——图古尔特的法国人墓地不堪入目，一半已被黄沙吞没……我仅余的一点儿意志，全用来带她挣脱这凄凉的地方。她安息在坎塔拉她喜欢的一座私人花园的树荫下，距今不过三个月，却恍若十年了。

米歇尔久久沉默，我们也一声不响，每个人都有一种莫名的失意感。唉！我们觉得米歇尔对我们讲了他的行为，就使它变得合情合理了。在他慢条斯理解释的过程中，我们无从反驳，未置一词，未免成了他的同道，仿佛参与其谋。他一直叙述完，声音也没有颤抖，语调、动作无一表明他内心哀痛，想必他厚颜而骄矜，不肯在我们面前流露出沉痛的心情，或许他出于廉耻心，怕因自己流泪而引起我们的慨叹，还兴许他根本不痛心。至今我都难以辨别骄傲、意志、冷酷与廉耻心在他身上各占几分。过了一阵工夫，他又说道：

老实说，令我恐慌的是我依然年轻。我时常感到自己的真正生活尚未开始。现在把我从这里带走，赋予我生存的意义吧，我自己再也找不到了。我解脱了，可能如此，然而这又算什么呢？我有了这种无处使用的自由，日子反倒更难过。请相信，这并不是说我对自己的罪行厌恶了，如果你们乐于这样称呼我的行为的话。不过，我还应当向自己证明我没有僭越我的权利。

当初你们同我结识的时候，我有一种坚定的信念，而今我知道正是这种信念造就真正的人，可我却丧失了。我认为应当归咎于这里的气候，令人气馁的莫过于这种持久的晴空了。在这里，无法从事任何研究，有了欲念，紧接着就要追欢逐乐。我被光灿的空间和逝去的人所包围，感到享乐近在眼前，人人都无一例外地沉湎其中。我白天睡觉，以便消磨沉闷的永昼及其难熬的空闲。瞧这些白石子，我把它们放在阴凉的地方，然后再紧紧地握在手心里，直到起镇静作用的凉意散尽。于是我再换石子，把凉意耗完的石子拿去浸凉。时间就这样过去，夜晚来临……把我从这里拉走吧，而我靠自己是办不到的。我的某部分意志已经毁损了，甚至不知道哪儿来的力量离开坎塔拉。有时我怕被我消除的东西会来报复。我希望从头做起，希望摆脱我余下的财产。瞧，这儿面墙上还有盖儿。我在这儿生活几乎一无所有。一个有一半法国血统的旅店老板给我准备点食品，一个孩子早晚给我送来，好得到几苏赏钱和一点儿亲昵——就是你们进来时吓跑的那个。他特别怕生人，可是跟我一起却很温顺，像狗一样忠诚。他姐姐是乌莱德——纳伊山区人，每年冬季到君士坦丁堡向过客卖身。那姑娘长得非常漂亮，我来此地头几周，有时允许她陪我过夜。然而一天早晨，她弟弟小阿里来这儿撞见了我们两个。那孩子极为恼火，一连五天没有露面。按说，他不是不知道他姐姐是怎样生活，靠什么生活的。从前他谈起来，语气中没有表露一点儿难为情。这次难道他嫉妒了吗？——再说，这出闹剧也该收场了，因为我既有些厌烦，又怕失去阿里，自从事发之后，就再也没有让那位姑娘留宿。她也不恼，但是每次遇见我，总是笑着打趣说，我喜爱那孩子胜过喜欢她，还说主要是那孩子把我拴在这里。也许她这话有几分道理……

经典就读三个圈　导读解读样样全

三个圈
独家文学手册

导 读

德与“背德”的悖论

作者：袁筱一

（法语翻译家，华东师范大学外语学院院长、法语系教授）

一、令人尴尬的纪德

在任何一个时代、任何一种语境下，纪德似乎都是一个令人尴尬的存在。一方面，他对于文学的贡献和他在文学史上的地位是板上钉钉的：至少与同时期出生的其他法国“大”作家相比——例如1871年出生的普鲁斯特、1868年出生的克洛岱尔、1866年出生的罗曼·罗兰、1871年出生的瓦雷里——纪德并不算逊色，还在1947年拿到了诺贝尔文学奖。但另一方面，批评界似乎又总在他面前三缄其口，无法给他一个一锤定音的评价。诺贝尔文学奖的颁奖辞里说，“他以无所畏惧的对真理的热爱，并以敏锐的心理洞察力，呈现了人性的种种问题和处境”，终究有失抽象。而且这也并未改变在他去世之后的第二年他的书还被列为禁书的状况，原因就是他在书中体现的对宗教和对性的态度。

如今想来，纪德令评论界感到尴尬，无非是因为他热爱的“真理”难以定义。纪德自己是对诸多现成的理念持怀疑态度的人。宽容温和的父亲去世之后，他在母亲的监督管理下过着清教徒的生活，成年之后却陡然打开了欲望的大门，这是他在现实生活中遇到的第一对矛盾；他已然生活在被胡塞尔定义为“欧洲危机”的时代，欧洲开始大规模殖民，随之而来的便是反殖民情绪的高涨，各种主义纷至沓来，却没有一种“主义”可以解决欧洲乃至世界的困境，他曾经表现出一定倾向性的苏联模式也不能，这是他在现实生活中遇到的第二对矛盾；面对19世纪文学妄图介入，甚至左右政治的野心的破灭，20世纪文学不再以改变“悲惨世界”为己任，也不再激情昂扬地“我控诉”，但是文学真的自此与“现时”的现实没有关系了吗？这是他在现实生活中遇到的第三对矛盾。纪德深知，即便是作家，他也不是高高在上的神，不可能为世人指点江山，于是他落下了一个摇摆的名声，既不为左派喜，也不为右派容；既不是坚定的无神论者，也经常因为“亵渎宗教”而遭到作品被禁的命运；既坚持文学自治的主张，也免不了时时深陷在所谓的主义之争里。

好在他既是被男性喜欢着的，也不乏女性追求者。于是围绕着纪德总有些“小故事”。人们热衷于流传一些关于纪德的侧面或反面的逸事：例如，他在1913年的时候拒绝了普鲁斯特，纪德当时给出的理由是“过于贵族气”，不过很快他就不那么有骨气地悔不当初，去信致歉；再例如，在纪德去世后不久，因为《梵蒂冈地窖》中对教会的冒犯而与之交恶的莫里亚克收到了署名纪德的一封电报，上面写着：“没有地狱。你可以开溜了。通知克洛岱尔。”大约是对之前因为宗教问题和两位闹翻之后的一种姿态，只是在两位严肃的基督教作家看来，这怎么都有点儿“恶趣味”了。可是这些逸事反过来足以证明纪德在19世纪末至20世纪上半叶处于法国主流文学圈的核心。无论是从与之交好，随后又与之交恶的人的地位而言，还是从传承的角度而言，他都是新世纪法国文学绕不过去的关键人物。萨特在《现代》杂志的女秘书日后也写了一本颇有“恶趣味”的小书，叫作《喂，请给我接萨特……》，她描述的法国20世纪上半叶的文学圈里也有纪德，文质彬彬又不乏幽默的纪德颇讨女人的喜欢，她们经常对纪德前辈围追堵截，而纪德总是百般无奈地对她们说：“是的，你们很可爱，可我……”甚至笔者很多年前一时昏了头接的一本50多万字的传记翻译里，传主多米尼克·奥利——翻译家，法国最大的出版社伽利玛的审稿人，曾经名噪一时的色情小说《O的故事》的匿名作者——也提到过纪德类似的遭遇，因为纪德也是一个翻译家，他主政期间的《新法兰西杂志》也刊登了很多翻译作品，其中就有他欣赏的译者拉尔博翻译的惠特曼。

纪德一生写得并不算太多，因为他热衷于一些“小作品”。除了《伪币制造者》之外，他的所有类型的作品，不论是小说，还是随笔，几乎都不长。而从处女作《安德烈·瓦尔特笔记》开始，我们就已经能从作品中读到作者自己。他严肃认真地介绍安德烈·瓦尔特说：

> 德国的影响让他的性格有好玄想的特点，他的文字风格不断证明了这一点。他把布列塔尼人的内心坚强、意志坚定且偏于宗教的个性归于母亲遗传。他在父亲的新教教育中长大。

然后，他转而道：

如何评价他的一生？“没有波澜：生活常常是内心的——，但内心的生活很激烈，什么都在那里翻腾，而外面什么都看不出来。”[1]

写下《安德烈·瓦尔特笔记》的纪德只有22岁，但他对瓦尔特“一生”的评价或许已然适用于他自己。所以，在《安德烈·瓦尔特笔记》里，有纪德后来的一切：嵌套的结构、假托在一个叫作安德烈·瓦尔特的青年内心的挣扎、青年时期阅读的书、对写作的初探、妈妈对于“兄妹之情”的反对和临终的遗言、对“幸福”一词不无痛苦的追索……

《安德烈·瓦尔特笔记》只是试笔，是要进入写作领域的决心。真正让纪德在法国文坛得以立足的，是《地粮》（也译作《人间食粮》）和“道德三部曲”（即《背德者》《窄门》以及《田园交响曲》）。

写《地粮》的时候，纪德的清教徒母亲已经去世，原先受到压抑的桩桩件件现在都似乎不是问题。他和母亲反对的表姐马德莱娜结了婚，结婚旅行一路经过瑞士、意大利、突尼斯和阿尔及利亚，然后便写了《地粮》。到了1927年，《地粮》重版之际，纪德对这本书的“来龙去脉”交代得非常清楚。从个人来说，“《地粮》不

1 出自河南大学出版社2014年版《安德烈·瓦尔特笔记》，安德烈·纪德著，宋敏生、姜俊钦译，第5页。

说是一本病人所写的书，至少是当他正在恢复健康，或是痊愈后所写的书——而这人却曾是病者”[1]；从文学来说，当时的文学“正值极端造作之际，散发着霉味”，纪德认为，“急需使它重回大地，很简单地，赤足踏在土地上”；从写作的目的来说，纪德“写这本书的时候，正是通过婚姻将生活安定下来之时”，他于是“自愿放弃了某种自由，但是作为艺术作品的这本书，对自由恰是要得更多”。这样的一个开端已然宣告了纪德矛盾的一生。《地粮》是对话体的，所以有了梅纳尔克——那个所谓的“我”——和纳塔纳埃尔那个想象中的对话者（也是读者）的对话，它依然是纪德之“我”的内心独白。甚至，在经历了十年只销售出500册的“彻底的失败”之后，《地粮》一度成为年轻人的“圣经”，因为它一面肯定上帝和爱的纯粹，一面却正视欲望是人的权利，并且自此后一发而不可收。

接着，纪德踏上批判之路，便有了“道德三部曲”。三部曲是用《背德者》来开头的。那时纪德从阿尔及利亚二度游历归来，他已经申明了同性恋的倾向，真诚地探索为重重道德表象遮覆的灵魂，这就是“道德三部曲”的真实意图。没有一劳永逸的真理，这既是人之所以为人的所在，也是人类灾祸的发源地，因为我们总是试图用自己的真理去说服，甚至去碾压别人的真理。无怪乎后来纪德声称，除了《地粮》之外，他的所有作品都是批判性的：相较于在一个时代里已经渐渐逝去，不再能够成为主流的“真理”的非法

1 出自上海译文出版社2010年版《地粮》，安德烈·纪德著，盛澄华译，第XIII页。

性，真正成为问题的，应该是对其他“真理”的视而不见。

毫无疑问，在当时复杂的社会环境下，纪德首先是拿自己开刀的。从《安德烈·瓦尔特笔记》到《地粮》，再到《背德者》，我们都可以看到纪德自己的影子。甚或到了《窄门》里，纪德的影子也还清晰地在场。这个自我，时而成为《安德烈·瓦尔特笔记》中深陷痛苦、不知出路在哪里的青年，时而分裂成《地粮》里的梅纳尔克和纳塔纳埃尔；又或是《背德者》里的米歇尔，并且梅纳尔克和“我”的心灵对话仍然得以保留。只是到了《窄门》里，承载“我”这颗灵魂的肉身才改变了性别。

性别对于小说而言不是个问题，但是它可能对社会造成问题。事实上，纪德剖析自己的灵魂，不外乎在欲望与道德之间的纠结，看似单一，但是纪德决不止步于此，对自己灵魂的追索更不是出于对自己的浪漫主义式迷恋。在纪德“自我虚构”的同时，他也是一个深深卷入时代的人。《伪币制造者》和《梵蒂冈地窖》在形式上看不出旧日里展露灵魂的意味，但是同样石破天惊，同样直逼信仰、宗教、伦理、爱以及命运偶然性的死角，尤其是被他称为“傻剧”的《梵蒂冈地窖》。

《梵蒂冈地窖》当然有向陀思妥耶夫斯基致敬的意味，虽然形式上摆脱了前几部他称之为“故事”的独白，但陀思妥耶夫斯基让拉斯柯尔尼科夫带出的“无动机犯罪”成了《梵蒂冈地窖》里最核心的动机。成为西方思想体系基石的因果关系遭到了无情的破解，而在破解的同时，作者仍然在问那个从开始时就借助自己、借助个体的灵魂而提的问题：在大家习惯于接受，并不加以质疑的法律之外，道德之外，信仰是什么？宗教是什么？伦理是什么？爱又究竟是什么？如果不是偶然，还能是什么？如果不是人“身上的涂层”，是“经过教育的装扮而有教养的第二位的人”，又还能是什么？

纪德1951年去世，时年82岁。19世纪后半叶出生，他完整地经历了20世纪上半叶。世界各地原本欣然接受的秩序在他生活的这将近一个世纪的时间里土崩瓦解。纪德和同时代的大多数人不同，没有以“进步”之名兜售新的秩序。困惑来源于此，尴尬也来自于此。即便作为一个不负责提供答案的小说家，这份让人噤声的尴尬也是不可原谅的吧！

二、介于人性与非人性之间的《背德者》

纪德与陀思妥耶夫斯基的关联，并不需要等到《梵蒂冈地窖》里的“无动机犯罪”来表现。在纪德看来，陀思妥耶夫斯基是一个“心理学家、社会学家和伦理学家”，法国的文学圈之所以在过去的一段时间里错过了他，是因为和其他的“西方文学”一样，“关注的只是人与人之间的关系，激情的或是理智的关系，家庭、社会、社会阶级之间的关系，但从来都不关注，几乎从来都不关注个人与自己，或者与上帝的关系”。

因而我们有理由相信，初涉写作不久的纪德，决心扭转法国文学乃至西方文学的这种风气，专注于“个人与自己，或者与上帝的关系”，而且这一回不能像浪漫主义者那样，把自己放在与宗教和上帝对立的英雄的位置上。在关于陀思妥耶夫斯基的一次讲座上，他继而借拉布吕耶尔的批评阐发道：“真正的伟大是自由的、温和的、随便的、通俗的；它让人触摸，让人摆弄，即便被人从近处细看，它也不会有丝毫的损伤。”[1]自由、温和、随便、通俗，这几个词大约就是纪德对自己的规定，也是他对早期第一人称叙事的故事——《地粮》除外——里那个“我”的规定。

《背德者》里的米歇尔正是这么一位。他似乎和当时现实生活中的纪德本人相去不远，所以思考的也都是纪德有可能思考的问题。只是和20世纪的许多小说家一样，纪德自有将自己的生活与虚构人为分开的妙招：那就是此后他一用再用，乃至到了《梵蒂冈地窖》时已经十分华丽的嵌套结构。在《背德者》的引言[2]里，纪德非常“此地无银三百两”地申明：

> 我若是把本书当作对米歇尔的起诉状，同样也不会成功，因为，谁对主人公产生义愤也不肯归功于我。这种义愤，似乎是违背我的意志而产生的，而且来自米歇尔及我本人，只要稍有可能，人们还会把我同他混为一谈。

1 出自广西师范大学出版社2003年版《关于陀思妥耶夫斯基的六次讲座》，安德烈·纪德著，余中先译，第35页。

2 见本书第1页。

而到了正文里，作者在引言中现身之后，又假借了一个名字没有出现的叙事者身份——但是作为旁证，叙事者还有两个有名字的朋友（德尼和达尼埃尔）一起接受米歇尔的召唤，赶到一个叫作西迪贝·姆的地方——仿造《十日谈》的手法，表明这是“听来的叙述”。

可以肯定的是，纪德既不认为米歇尔是典范——他固然和纪德年轻时代的所作所为有些相似——也不认为米歇尔就是自己的批判对象。从小说人物，第一人称的米歇尔到叙事者再到作者，大家都无意“评价”（juger），因为在现实的世界里，已经失去了评价的依据。纪德与他的主人公米歇尔之间诚然有着千丝万缕的联系：例如，米歇尔和写作《背德者》时的纪德一样，都是处在新婚时期，并且对自己的妻子玛丝琳的感情是“若是把爱情理解为温情、某种怜悯亦即理解敬重之心，那我就是爱她的”[1]；又例如，米歇尔的新婚旅行也和纪德的新婚旅行一样，经过瑞士、意大利和阿尔及利亚；再例如——同时也是最关键的——米歇尔也和纪德一样，表现出了对“小男孩”的热情。但是，米歇尔身上的一切之所以值得被书写出来，并不在于反映了纪德的个人趣味和个人经验，而是在于我们大都在米歇尔的身上能看到自己的影子。

不是吗？当“死神的羽翼”拂过我们，我们是不是也像米歇尔一样，对自己的身体会有异常的感知？生命逸出常轨，人才有机会重新思考先前的固定观念是不是就像米歇尔交代的那样，“原先重

1 见本书第10页。

要的事物失去了重要性，另外一些不重要的变得重要了。”[1]

所以，与其在米歇尔和纪德之间建立起某种等同关系，还不如相信米歇尔是纪德框定的在一定情境之下的人，虽然看上去有些与众不同，但我们恰恰可以忽略掉他的个体性。例如，他来得莫名、去得也莫名的病；他学术研究的工作，“引以自豪的满腹经纶”；他的新婚旅行……一切只是为了让米歇尔有一个合适的理由，和现实的一切拉开一定距离。因为生病，因为新婚，他便有了重新思考和重新选择的可能。

什么是“原先重要”的，然而“失去了重要性”的事情呢？

也许是正常的生活，例如结婚。在米歇尔的讲述里，“我”和玛丝琳的婚姻其实只是遵循世俗——想想看这世上的平常人等，哪个不是如此呢？——“我娶她时没有感情……虽说我不爱我的未婚妻，但至少我从未爱过别的女人”[2]，只是我还是听从父亲临终遗愿，娶了她。因为用了米歇尔的第一人称，这里没有明说的是，玛丝琳同样也不爱“我”，甚至不了解“我”，可她同样嫁给了我，完全没有能够预估到她和“我”对生活的想法可能大不相同。

也许是还算体面的身份，例如“我”的学术研究。“我”还差点进了法兰西学术院，但是“我”在职业上同样不确定。当我自认为“经营”好了幸福，回到巴黎时，曾经熟悉的一切也变得陌生起来：

---

1 见本书第42页。

2 见本书第10页。

我倒愿意重新见见考古学家、语文学家这一圈子人。不过跟他们一交谈，也兴味索然，无异于翻阅好的历史字典。起初，我对几个小说家和诗人还抱有希望，认为他们多少能直接了解生活，然而，他们即便了解，也必须承认他们不大表现出来。他们多数人似乎根本不食人间烟火，只摆出活在世上的姿态。[1]

对于我们寻常人等不假思索接受的“日常”，还有比这更加温柔却更加令人代入的讽刺吗？然而纪德决然不是批判。无论是道德的或是不伦的恋情；诺曼底田庄里“普罗大众”的生活状态还是在巴黎大学或研究机构里“资产阶级”的生活方式；凄清的，“冬雨中的那不勒斯”还是瑰丽的北非风光……这一切都是人生在世的“可能经历”而已。经历本身无所谓好与坏，是在文明固化的过程中，我们赋予它们“好”或者“坏”的标签，为它们标示出层级。道德看上去比法律更为宽容，实际上却更加绝对，更加有如无形枷锁一般，依靠着标签和层级规范我们的人生，使我们从坠入尘世开始，就不再自由。

我们已经习惯的日常才是限制我们自由的来源，这是《背德者》给我们的第一重提醒。但纪德远未像那些文学史上的“反叛少年”一般止步于此。小说还有第二重发现，这是在20世纪初还未能完全显示出端倪的残酷真相。小说分为三部分：第一部分是“经营幸

---

1 见本书第72页。

福”，第二部分是“幸福的毁灭”，第三部分则是再度尝试经营幸福未果。每一个部分都是针对前一个部分的犹疑与转向。日常生活的确不是那么理所应当，可是打破了庸常，拥有自由，听凭欲望就能够得到幸福吗？米歇尔在这里拷问的是欲望与自由之间的终极问题：从心理机制而言，欲望来自有限的自由，而自由一旦处在无限的设置上，欲望也因为碰触不到界限而无法成为欲望。当代社会中，人的悲剧怕是正来源于这样的悖论。和生与死的悖论一样，纪德要提醒我们的是，如果没有死亡，如果没有界限，如果完全没有对自由的限制，我们同样无法获取幸福。在小说的结尾，玛丝琳完全不加配合——她难道不应该配合纪德一心“经营”的幸福吗？——地死去，“我”感觉到的是，“令人气馁的莫过于这种持久的晴空了”，米歇尔向朋友们请求道：“把我从这里拉走吧，而我靠自己是办不到的。我的某部分意志已经损毁了，甚至不知道哪儿来的力量离开坎塔拉。”

曾经，玛丝琳以及玛丝琳代表的婚姻、生活、肉身的忧虑、道德的假象，这一切都是“我”接受生活的借口。只是玛丝琳不仅没有遏制我的感官与欲望，甚至也是“我”的身体和欲望得以苏醒过来的，或许并不重要的原因之一。《背德者》乍一看还是关于欲望的。妻子玛丝琳其实是米歇尔的同谋，新婚，北非瑰丽的风景，对“我身上的一些部位、一些尚未使用的沉睡的官能”的发现，以及“我”对“男孩子”的隐秘的喜欢，凡此种种都是经由玛丝琳之手揭开的。所以我们也应该能够理解到，与其说玛丝琳是米歇尔要“破”的、要批判的“旧道德”，毋宁说她是更真实地抵达平常人生存境遇的必要条件。

纪德之所以去世之后还会遭禁，大约总与他的欲望书写有关。但事实上，虽然纪德并不避讳会带来联想、从而招致种种非议的场景与隐喻，但他的笔触究竟还是节制的。例如对于玛丝琳带到“我”这里来的巴齐尔，“我”开始时颇有些不自在，不过“我”也偷偷注意到，“他光着两只脚，脚腕手腕都很好看”。第二天，“我第一次感到无聊”，“我”于是问自己：“我期待着，期待什么呢？”期待是触发欲望的关键，尤其是受阻的期待。与其说纪德喜欢书写欲望，还不如说纪德感兴趣的是触发欲望的心理机制。

有的时候，欲望的快感还与小小的罪恶相关。在比斯拉克尔的时候，玛丝琳会领些男孩子来玩，其中有个孩子叫莫克蒂尔，“我”看见他偷了玛丝琳的一把小剪刀，可是我没有戳穿他，并且，“从这天起，莫克蒂尔成为我的宠儿”。偷剪刀事件很简单，也没有什么复杂的背景，只是在“我”回到巴黎时，又再度被提起。一个在《地粮》中已经出现的人物，梅纳尔克，也是另一个“我”，就这个事件和“我”严肃地谈了一次，而正是在这一次谈话中，“背德”的主题浮现了出来。

> “事情在于‘一种意识’。”他（梅纳尔克）又说道，“正如别人所说的‘意识’，而您好像缺乏，亲爱的米歇尔。”
>
> “‘道德意识’，也许是吧。”我勉强一笑，说道。[1]

1 见本书第78页。

对于欲望与道德的关系，无疑是纪德在《背德者》中探索的重点。“我”在第一部分明白的重要一点是，要“经营”好幸福，感官的生机勃勃是必要条件。从《地粮》时代开始，纪德就十分擅长捕捉感知，较之普鲁斯特的隐晦而绵长——这是纪德最初拒绝普鲁斯特的原因吗？——他笔下的各种感受直接而明快。在第一部分里，“我”的身体好转，便到不远的公园里去走走，纪德这样描述道：

> 金合欢树芳香四溢……有一种陌生的淡淡的香味，由四面八方飘来，好像从好几个感官沁入我的体内，令我精神抖擞……树荫有点儿稀薄而且是活动着的，但并不垂落下来，仿佛刚刚着地。啊，多么明亮！——我谛听着。听见什么了？了无一切。我玩味每一种天籁。——记得我远远望见一棵小树，觉得树皮是那么坚硬，不禁起身走过去摸摸，就像爱抚一样，从而感到心花怒放。[1]

一小段文字之间，五官都复活了，香气，声响，稀薄树叶的画面，记忆中的触感——谁说他与普鲁斯特不是异曲同工呢？但更妙的是，纪德并没有沉溺其中，紧接着感觉的是“思想”：

> 我从兜里掏出袖珍本《荷马史诗》，从马赛起程以来，我还没有翻开过。这次重读了《奥德赛》里的三行

1 见本书第31页。

诗，记在心里，觉得从诗的节奏中寻到了足够的食粮，可以从容咀嚼了，便合上书本，待在那里，身心微微颤动，思想沉湎于幸福之中，真不敢相信人会如此生机勃勃。[1]

在品尝了与死神擦肩而过的苦涩之后，为了品尝身体和欲望所能带来的欢愉，“我”摒弃了“那种意识”，坠入世俗生活。事实上，婚姻并不是欲望的反面，与女性的爱情也不会阻挡“我”的友谊，或是另一种性别的喜爱，对“思想”的爱好也不妨碍“我”真正地在这尘世里生活——而不是“只摆出活在世上的姿态”，“我”只是对一切“人为”的又显示为先验的规则心存疑虑而已。连带我对“恶癖”的喜好，也并非针对“恶癖”本身，而是“人的最恶劣的本能才是最坦率的”，虽不道德，但是贵在真实。

因而在第二次旅途中，当“我”坦承“喜欢沙漠而不是绿洲”，玛丝琳一语中的：“您喜爱非人性。”“非人性”，就是人的沙漠状态，是人摇落了涂层的本真状态。

三、幸福的问题把我们引入歧途

纪德复杂的灵魂是令一众批评家最终归于缄默的原因，却也是纪德独特的魅力所在。复杂，就像有的评论家注意到的那样，他的

1 见本书第31页。

精神“从来不曾只为一种思想所占据。但是最初诞生的想法会温柔地、完全地感动他；这想法不可能不引起回响，一经出现，围绕着它便会涌现更多的想法”。

作为早期的作品，《背德者》已经充分展现了这种复杂的特质。它的核心就是他的晚辈，同时也是他的“粉丝”加缪在《卡里古拉》中说的，人必有一死，可是他们并不幸福。我们或许有必要充分认识到，《背德者》以及纪德之后的创作并不关乎道德，而是关乎通向人类幸福的途径。是对自由即幸福的神话的破解。是在死亡笼罩之下的人类获得幸福的可能性和不可能性。米歇尔开始时认为自己的不幸福应该是来自道德边界对人性的制约，但随着小说的进展，米歇尔得到的并不是所谓自由带来的幸福，而是早就出现在《包法利夫人》中，进入20世纪之后渐渐为大家熟悉的“无聊”（ennui）。事实上，《背德者》也和《包法利夫人》一样，在不长的篇幅里几乎容纳了人类所有的“大”问题：欲望、婚姻、友情、宗教、死亡、职业……甚至，小说还容纳了西方社会的各个阶层，也容纳了纪德通过游历或者阅读了解到的别的社会、别的阶层，甚至不同文明的不同阶段。这些都是十数个世纪甚或数十个世纪以来人类希望抵达幸福的彼岸的尝试。

不站在持有真理的确信上——否则我们又如何还需要文学呢？——这是纪德的“现代性”所在，也是在纪德看似矛盾背后的坚持。无论采用什么样的形式，小说，或是其他记叙文体，纪德都一以贯之地赋予这种现代性以某种形式，从而也渐渐锻造出了纪德风格。

我们至少可以离析出纪德的三个标识。

第一个标识是恶毒与宽容之间的平衡。我们当然能够在纪德的矛盾与他的宽容之间画上一个等号，但是纪德的宽容绝非没有立场的宽容。这一点落实在他的作品里，便能够解释清楚他对“恶趣味”的偏好。“恶趣味”在纪德的创作中发展到一定程度，就是他称之为“傻剧”的叙事形式。在纪德看来，他早期的作品，《地粮》《窄门》与《背德者》都只是“故事”，而不是小说；而相对后期的《梵蒂冈地窖》则被他称为“傻剧”。在纪德从中世纪借用过来的形式中，他将虚构性作品可能的偶然性夸张到极致，在取消了人物行动的合理性——我们通常意义上所说的“动机”——之后，继而彻底取消了以“拟真”为目的的虚构作品的因果链。日常生活以陌生化的方式呈现在舞台上（小说中），只剩下了热闹荒唐。每一个历史时期在不同的作品中提出的挽救人类的可能性都被消解殆尽：宗教的力量，人对自身以及自然越来越精确的认识，或是已经程式化的爱。然而这种消解，倘若是过于严肃的态度，则成了笛福所谓的“用一种桎梏去表现另一种桎梏”。为了杜绝为任何现成的“主义”站台的可能，纪德选择了幽默。纪德所有作品的叙事者几乎都带着温和的讽刺笑看尘世和在这尘世演出的人物。他不与这尘世和解、妥协，可是他忍耐，因为他清楚，他并不是高高在上的上帝。倘若他要叙述的人物都是愚蠢的、可笑的、无力抵抗命运捉弄的，一旦化身为具象，他也逃脱不了。所以他只能躲在人物的背后，有嘲弄，更有共情。第一人称的《地粮》和《背德者》就这样把作者融入了叙事者中，他并不回避自己的软弱，而是以退一步的方式承担了人类的软弱。

第二个标识是永远都在的嵌套结构，也被称为“纹心结构”。《背德者》里有，《梵蒂冈地窖》里有，《伪币制造者》里也有，一个比一个华丽。在《背德者》里，有引言，有“我”写给“内阁总理”的信，然后才是米歇尔的“自白”。在《梵蒂冈地窖》里，关键人物之一朱利于斯接到父亲嘱托他去探访他的私生子弟弟拉夫卡迪奥的信，在信末，老伯爵写了这么一句：“我翻了翻你的新书。如果在这本书以后你进不了法兰西学院，那么，你写这些废话就是不可饶恕的了。”[1]——而他的非婚生弟弟和他的连襟弗勒里苏瓦尔实践的竟然就是朱利于斯书里人物的命运，完美地完成了朱利于斯对“无动机犯罪”的设想！《伪币制造者》中的人物爱德华干脆就在写一本同样名为《伪币制造者》的小说：日记与小说相互印证，日记为小说提供素材，小说贯彻的是日记中所制定下来的小说创作的想法。我们有时会惊讶于纪德对嵌套结构的痴迷。在某种程度上，嵌套结构对于纪德而言早已不仅止于叙事方式，在作者—叙事者—人物这三个维度的联系上，从《背德者》开始，纪德就以特殊的方式在告诉我们，也许“虚构性”越强，我们就越接近真实。这也算是纪德对于“真实”与“虚构”之间关系的一种反讽吧。

第三个标识，或许是从福楼拜那里继承来的“无所不包”的主题。纪德的作品再短，也不影响他以“幸福”的名义，触及人类生

1 出自上海译文出版社2014年版《梵蒂冈地窖》，安德烈·纪德著，桂裕芳译，第36页。

活的方方面面。需要的时候，他能够不经意地从人物的研究中引申出颇有意味的简单思考，看似就事论事，实则不然。例如米歇尔在研究历史时，以少年国王来自比：

> 最吸引我的，还是少年国王阿塔拉里克的形象。在我的想象中，这个十五岁的孩子暗中受哥特人的怂恿，起来同他母后阿玛拉松莎分庭抗礼，如同马摆脱鞍辔的束缚一般抛弃文化，反对他所受的拉丁文明的教育，鄙视过于明智的老卡西奥多鲁斯的社会，偏爱未曾教化的哥特人社会。趁着锦瑟年华，性情粗犷，过了几年放荡不羁的生活，慢慢完全腐化堕落，十八岁便夭折了。[1]

虽然不至于套上“文化平等主义”的标签，或是在即将到来的新世纪流行一时的反殖民主义，纪德轻描淡写地质疑了已经发展为“世界通用规则”的“进步文明”的规则。这种对历史的兴味，纪德在小说一开始时就已经用寥寥几行清楚地阐释过，米歇尔说：“在我的眼里，所有史实就像一家博物馆中的藏品，或者打个更恰当的比方，就像腊叶标本集里的植物，那种彻底的干枯有助于我忘记它们曾包含浆汁，在阳光下生活。现在，我再玩味历史，却总是联想现时。重大的政治事件引起的兴奋，远不如诗人或某些行动家在我身上复苏的激情。”

---

1 见本书第53页。

而米歇尔到了自己的莫里尼埃尔庄园，他和当地的工人打交道，从他们那里听闻了很多“我”的圈子里听不到的事情：农庄的经营，可能面对的欺骗，和佃户之间的交道与斗争，甚至在“我”生活的背面有可能隐藏的“恶”与“不堪”。“我”对此充满兴趣，说到底，它们也是真实生活的一部分。而“思想一旦警觉起来，就特别敏锐了”。

死亡诚然也是无处不在的。纪德从来不避讳死亡，《背德者》一开始就将米歇尔置于死亡的阴影之下，接着是玛丝琳。比起在自己身上感受到的死亡，米歇尔是在玛丝琳的垂危之际，通过不由自主的逃避更好地诠释了对死亡的真正恐惧。玛丝琳去世前的晚上，“我”随莫克蒂尔去了摩尔咖啡馆，但仿佛受到了死亡的召唤，“我”回到家中，“悄无声息溜进黑洞洞的房间”，看到玛丝琳的“床单、双手、衬衣上全是血，面颊也弄脏了；眼睛圆睁，大得可怕……”。

“无所不包”意味着平均分配。故事或者“傻剧”里展现的都是未经作者人为安排主次的一众人物，是按照日常生活的节奏往前推进的庸常。纪德在《关于陀思妥耶夫斯基的六次讲座》里提取到了这一叙事的精髓：“他（陀思妥耶夫斯基）的人物总是在同一个唯一的层面上聚集、排列：在谦卑与傲慢的层面上。”[1]

在纪德看来，陀思妥耶夫斯基发明的是“在谦卑与傲慢的层面上”划分人物的方法，对这样的一群人来说，智力扮演着“魔鬼的

1 出自广西师范大学出版社2003年版《关于陀思妥耶夫斯基的六次讲座》，安德烈·纪德著，余中先译，第69页。

角色”。而纪德于是舍弃了智力，停留在了好笑却悲怆的“唯一的层面上”。

可能和我们想象的不太一样，纪德也是中国第一时间引进的作家之一。中国最早的旅法女博士之一张若名博士论文的主题就是纪德；并且纪德也在第一时间就有了专门的译者和研究者盛澄华。而据北塔在《中国比较文学》上的文章《纪德在中国》所引述的资料表明，1949年前对纪德的翻译有12篇（部）之多。不要忘了，纪德在20世纪上半叶还在世，这位看上去如此不具批判性的，甚至没有清晰观点的，因而让人赞同得有些尴尬、反对得也有些尴尬的作家能在中国得到这样的重视，也足以说明，和陀思妥耶夫斯基一样，笔下“没有一个伟人”、涂层尽数剥落看似在“德”与“背德”之间不停摇摆实则超越其上，始终不忘追寻幸福真意的纪德，在何种程度上把我们引入了“歧途”。

图文解读

安德烈·纪德矛盾的一生

1869年　出生

安德烈·纪德于1869年11月22日生于巴黎，是家中独子。父亲保罗·纪德生于法国南部于泽一个较为贫困的家庭，后成为巴黎大学法学院教授；母亲朱莉叶·隆多则生于法国西北部鲁昂的一个富有家庭，是虔诚的新教徒。

纪德的父亲

纪德的母亲

父母双方两种截然不同的背景、性格和教育方式对纪德产生着矛盾的影响。纪德的母亲认为“孩子应当顺从，而不需要明白为什么”；父亲则更多地顺从自己心灵的需要，谈不上遵循什么方法，经常会给纪德推荐他喜欢、欣赏的作品，如莫里哀的戏剧故事、《奥德赛》中的段落以及《天方夜谭》中的辛巴达冒险故事等。

1877年 八岁

纪德入学阿尔萨斯，几个月后就因“不良习惯”被迫退学。后来因为体质孱弱，纪德在学校的系统学习中断，母亲只好经常为他请家庭教师。

幼年纪德

纪德与母亲

1880年 十一岁

十月，父亲去世。从此，纪德这个早熟的孩子，便被三位严肃的女性围绕：母亲、姑母和英国女教师。

1882年　十三岁

年底，纪德去鲁昂舅舅家，得知舅母生活放浪、与人私奔，表姐玛德莱娜·隆多为此痛苦不堪，便萌生了对表姐的爱意。这段经历被改写进纪德的小说《窄门》中。后来，玛德莱娜成为纪德一生的精神挚爱，也是他书中许多女性角色的原型。

玛德莱娜·隆多
（1867—1938）

1887年　十八岁

十月，纪德重新进入阿尔萨斯学校读书。

纪德（最上排最左边）和同学的合影

1889年　二十岁

七月，作为通过学位考试的奖励，纪德的母亲同意他独自旅行，但母亲选择的地点是瑞士，纪德却执意前往布列塔尼，最终母亲还是在远处一步步地跟在后面，这次旅行可以说是纪德与母权对抗的机会。此后，纪德还于1891年和1892年先后去过两次布列塔尼。

1890年　二十一岁

三月，舅舅去世，纪德陪表姐玛德莱娜守灵。

夏天，纪德在安西湖畔写作第一部小说《安德烈·瓦尔特笔记》，并于次年自费出版。玛德莱娜便是他小说中女主人公的原型，而主人公激烈的灵与肉的斗争也是纪德本人最真实的写照，是他当时强烈的宗教情绪与青春期自然产生的肉欲对抗的产物。

1891年　二十二岁

一月，纪德向表姐玛德莱娜求婚遭到拒绝，实际上纪德的母亲也始终反对这门婚事，直到母亲逝世后，纪德才与玛德莱娜订婚。

二月，纪德被引荐给象征主义诗人马拉美，一向寡言少语的他开始成为马拉美“星期二聚会”的常客，于次年出版的《安德烈·瓦尔特诗集》中，纪德就使用了大量象征主义华丽的语言。

十一月，纪德同造访巴黎的著名作家奥斯卡·王尔德首次会面，后来二人成为好友。王尔德对纪德产生了很大的影响，纪德的《人间食粮》《背德者》等众多作品中出现的“虚拟导师”梅纳尔克的原型正是王尔德。

王尔德签名赠予纪德的照片

1891年的纪德

1893年　二十四岁

十月，纪德与朋友年轻画家阿尔贝·洛朗乘船去北非，游历突尼斯、阿尔及利亚，直到次年二月才回国。这一次的北非之行对他的身心产生了巨大的影响，如他自己所说：“他不再疑惧，不再对肉欲发生战栗，沉醉在一切可能的快乐中。”这些都被写进小说《背德者》中。

出版小说《爱的尝试》和《乌连之旅》。

1894年 二十五岁

十月，去瑞士拉布雷维纳，写出了小说《帕吕德》，并于次年出版。

1895年 二十六岁

一月，纪德进行第二次北非之旅，游历阿尔及利亚等地。

五月，母亲逝世。十月，纪德与表姐玛德莱娜结婚，但二人一直是名义上的夫妻。婚后两人一起旅行，一路游历了瑞士、意大利、阿尔及利亚、突尼斯等地，这也是纪德第三次去到北非，直到次年五月才回国。

1896年 在北非一棵棕榈树前

1897年　二十八岁

《人间食粮》出版，这部以第二人称写成的散文诗集获得了巨大的成功，也是他早期的代表作。在书中，他频繁提及宗教、性、自由、欲望、道德等话题，强调宗教与上帝的纯粹，强调欲望的满足使人快乐，试图体现“我感受到什么”与“如何感受这一切”，后来被奉为“不安的一代人的《圣经》”。

1898年　二十九岁

纪德游历意大利、德国等地。

出版傻剧《没有缚紧的普罗米修斯》。

1899年　三十岁

三月，纪德从马赛出发，进行第四次北非之旅，游历突尼斯等地，经西班牙马德里返回巴黎，历时两个多月。

1901年　三十二岁

出版傻剧《康多尔王》和《扫罗》。

1902年　三十三岁

出版小说《背德者》，这是一部极其成功的小说，甚至有评论者称“《背德者》引导了法国第一次小说革命”。

1930年　美国首版《背德者》封面

1907年　三十八岁

出版小说《浪子回家》。

1908年　三十九岁

纪德与雅克·利波、亨利·盖翁等人创办了文学杂志《新法兰西评论》，这本杂志在20世纪法国文学的发展中，起到了重要的作用，不少作家的处女作都是在这份杂志上发表。纪德担任编委会负责人时，曾拒绝过普鲁斯特投稿的《追忆似水年华》，后来他说“拒绝这部作品是一生中最刺痛我、令我感到遗憾后悔的事之一”，但二人后来成为好友。1911年，这本杂志还成立了自己的出版社，后来发展成法国第一大出版社——伽利玛出版社。

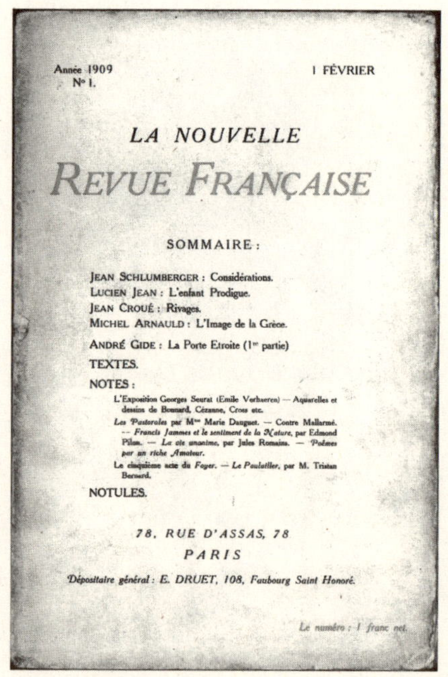

Année 1909　　1 FÉVRIER
N° 1.

LA NOUVELLE
REVUE FRANÇAISE

SOMMAIRE :

JEAN SCHLUMBERGER : Considérations.
LUCIEN JEAN : L'enfant Prodigue.
JEAN CROUÉ : Rivages.
MICHEL ARNAULD : L'Image de la Grèce.

ANDRÉ GIDE : La Porte Etroite (1re partie)

TEXTES.

NOTES :

L'Exposition Georges Seurat (Emile Verhaeren) — Aquarelles et dessins de Bonnard, Cézanne, Cross etc.

Les Pastorales par Mme Marie Dauguet. — Contre Mallarmé. — *Francis Jammes et le sentiment de la Nature*, par Edmond Pilon. — *La vie unanime*, par Jules Romains. — *Poèmes par un riche Amateur.*

Le cinquième acte du *Foyer*. — *Le Poulailler*, par M. Tristan Bernard.

NOTULES.

78, RUE D'ASSAS, 78
PARIS

Dépositaire général : E. DRUET, 108, Faubourg Saint Honoré.

Le numéro : 1 franc net.

1909年　首版《新法兰西评论》杂志封面

1909年　四十岁

出版小说《窄门》。

1912年　四十三岁

纪德与亨利·盖翁同游意大利，1914年两人又同游意大利、希腊、土耳其。

1914年　纪德（左）与盖翁（右）在土耳其

1914年　四十五岁

出版小说《梵蒂冈的地窖》和《重罪法庭回忆录》。

第一次世界大战爆发后，纪德全力投入“法国—比利时之家”的工作，救助被占领地区的难民。

1916年　四十七岁

纪德与十五岁的侄子马克·阿莱格雷有了同性恋关系。后来两人于1917年同去瑞士，又于1918年去阿尔及利亚共度四个月，妻子玛德莱娜因气愤而焚毁纪德写给她的全部信件。

1920年　纪德（右）和马克（左）

1920年　纪德（右）、马克（中）和著名诗人威廉·巴特勒·叶芝（左）

1919年　五十岁

小说《田园交响曲》出版，由于和《背德者》《窄门》一样都带有纪德本人强烈的自传色彩，主题和写作手法也较为接近，一起构成了三部曲。

1923年　五十四岁

纪德与伊丽莎白·冯·赖塞尔贝格的私生女出生，取名卡特琳，直到1938年妻子玛德莱娜去世后，他才正式承认自己的女儿。

1925年　五十六岁

七月，纪德与马克·阿莱格雷同去非洲，游历现在的刚果共和国、中非共和国、喀麦隆等地，历时将近一年。回国后，撰文猛烈抨击殖民制度和对当地进行的自然资源剥削，引发议会辩论、媒体论战。回国后，纪德出版了游记《刚果之行》（1927）和《乍得归来》（1928），把在非洲看到的一切不加粉饰地记录下来，被认为是对欧洲殖民政策有力的公诉状。马克把拍下的影像剪辑成纪录片《刚果之行》（1927），成为法国人文纪录片中最早的经典之作。

1926年　纪德在非洲

1926年　纪德（右）和马克（左）在非洲

《刚果之行》纪录片画面

1926年　五十七岁

出版小说《伪币制造者》，这是纪德笔下唯一一部长篇小说，也是纪德最成熟时期的产物。

出版自传《如果种子不死》。

1930年　六十一岁

纪德游历德国、突尼斯。

出版小说《罗贝尔》。

1931年　六十二岁

出版剧本《俄狄浦斯》。

1934年　六十五岁

二月，纪德加入“反法西斯作家同盟警惕委员会”。

七月，至中欧旅行。

1935年　六十六岁

纪德与另一位法国著名作家罗曼·罗兰一起参与了极具左翼色彩的“世界作家保卫文化代表大会”。

出版《新食粮》。

1936年　六十七岁

纪德应苏联政府（通过苏联作家协会）的邀请，同几位青年作家一起访问苏联，历时两个多月。还在红场为马克西姆·高尔基的葬礼发表了演讲。

早在1932年，纪德就开始关心苏联的政治和社会的进步，越来越接近共产主义。但访苏归国后却发表了《访苏联归来》，猛烈批评苏联当局，在当时产生了相当大的影响。纪德真正关心的并非政治上的立场，而是因为过去苏联代表了“生活与幸福”这一理想，而后苏联境内弥漫的形式主义，已经不能代表他的立场。

1938年　六十九岁

纪德去法属西非旅行，又先后游历了希腊和埃及。

后来二战爆发，纪德又先后去了突尼斯、阿尔及利亚、摩洛哥，一直住在朋友家中，历时两年多。

1938年　纪德（右）在埃及

1941年　七十二岁

纪德与《新法兰西评论》断绝关系，因为德里厄·拉罗舍尔将杂志拖入与德国合作的政治中。

1944年　七十五岁

出版《日记1939—1942年》。

1945年的纪德

1947年　七十八岁

六月，纪德获得“英国剑桥大学名誉博士”荣誉称号。

七月，纪德因“以无所畏惧的对真理的热爱，并以敏锐的心理洞察力，呈现了人性的种种问题和处境”获得诺贝尔文学奖。

1947年　纪德在牛津

1948年　七十九岁

出版《与弗朗西斯·雅姆通信集》。

1949年　八十岁

出版《与保尔·克洛岱尔通信集》。

1950年　八十一岁

剧本《梵蒂冈的地窖》在法兰西喜剧院首演。

出版《日记1942—1949年》。

1951年　八十二岁

一月，纪德计划去摩洛哥旅行。

二月，纪德因肺炎在巴黎病逝。当时法国文学界的大师加缪和萨特都纷纷在悼词中将纪德称为文学与人生的导师。

1952年

纪德的所有作品被法国天主教会列为禁书。

欢迎您从《背德者》走进读客三个圈经典文库

亲爱的读者，感谢您选择读客三个圈经典文库。

我们的封面统一使用“三个圈”的设计，读者可以凭借封面上形式各异的“三个圈”找到我们，走进经典的世界。

你想成为什么样的人？

对你来说什么是重要的？

这个世界应该是什么样子？

我们在生命中遇到的这些问题，或许可以在浩如烟海的文学经典中找到答案。

跟随读客三个圈经典文库，认识世界、塑造自我，成为更好的人！

《漫长的告别》

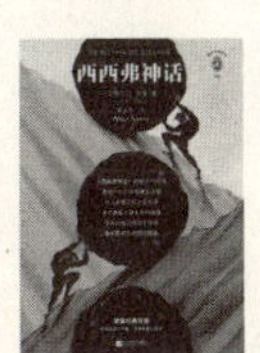

《西西弗神话》

《人间失格》

《人类群星闪耀时》

《鼠疫》

《小王子三部曲》

《局外人》

《月亮与六便士》

《基督山伯爵》

《罗生门》

如果你喜欢《背德者》
你可能也会喜欢“探索自己的内心”书单

《漫长的告别》
文库编号：025

《局外人》
文库编号：055

《人间失格》
文库编号：002

《红与黑》
文库编号：024

《少年维特的烦恼》
文库编号：003

《窄门》
文库编号：157

《背德者》
文库编号：170

《田园交响曲》
文库编号：171

激发个人成长

多年以来，千千万万有经验的读者，都会定期查看熊猫君家的最新书目，挑选满足自己成长需求的新书。

读客图书以“激发个人成长”为使命，在以下三个方面为您精选优质图书：

1．精神成长

熊猫君家精彩绝伦的小说文库和人文类图书，帮助你成为永远充满梦想、勇气和爱的人！

2．知识结构成长

熊猫君家的历史类、社科类图书，帮助你了解从宇宙诞生、文明演变直至今日世界之形成的方方面面。

3．工作技能成长

熊猫君家的经管类、家教类图书，指引你更好地工作、更有效率地生活，减少人生中的烦恼。

每一本读客图书都轻松好读，精彩绝伦，充满无穷阅读乐趣！

认准读客熊猫

读客所有图书，在书脊、腰封、封底和前后勒口都有“读客熊猫”标志。

两步帮你快速找到读客图书

1. 找读客熊猫

2. 找黑白格子